U0080957
08
END

本作主角，一名普通的大學生，
個性有點優柔寡斷，但內心充滿正義感。
與藤原綾搭檔組成【神劍除靈事務所】。
雖為神劍「軒轅劍」的繼承者，但魔力少得可憐，
然而其「結界破壞」的能力卻是超級外掛。

從阿宅進化(?)成功的**陳佐維**

說到底也是傲嬌嘛 莉諾薇雅

**來自遙遠星際的她，因染上破壞者病毒，成為新的破壞者。
由於不滿兄長對地球有了感情，她決意毀滅地球，
卻被兄長封印住，直到數千年之後陳佐維拔出神劍，
她——黑龍，破壞之神，再度出世！**

藤原綾

本作女主角，從小生長在魔法世家，是魔法界的小公主。
因為想要自創結社而接受審核，卻在考試時意外碰上了陳佐維，兩人的故事就此展開。

督瑪公主

【祖靈之界】裡督瑪族酋長的獨生女，督瑪族的公主。
個性善良且堅強，會照顧弱小的族人。

韓太妍

韓國魔法結社【大宇宙】的副社長。
個性活潑、身材姣好，跟藤原綾是從小到大的宿敵，兩人總有辦法一見面就鬥得不可開交。

慕容雪

建成仙人李永然的關門大弟子，總愛穿著高中制服斬妖除魔。
是陳佐維的青梅竹馬，兩人的個性和興趣相仿，說話的方式和吐槽的時機、語氣也很類似。

公孫靜

【天地之間】裡專門負責看守神劍軒轅劍封印的「侍劍」。
是個沉默寡言、冰清玉潔的女孩。是陳佐維的守護者兼魔法導師兼祖宗遺訓所指定的未婚妻。

藤原瞳

藤原綾的妹妹。
個性溫柔可愛，謙恭有禮，做事認真負責，視【藤原結社】為此生最大的驕傲與榮耀，在神道魔法的造詣上更是神童級別。

INDEX

NO.BEFORE

她，和他。

四千七百多年。

對一顆隨便都嘛幾十億年壽命的星球來講，四千七百多年實在不是什麼了不起的時間。恐龍在地球稱霸的時間都遠超這個數字不只一個位數。但對一個平均壽命還沒突破一百年的、自稱高智慧型生物的人類來說，就算是把零頭去掉，取整數說他四千七百年好了，這也實在是一個漫長到有剩的時間。

經過了四千七百多年，她終於甦醒了。

或者該說，早在二十年前，困住她的那個封印的威力下降到一定程度之後，她就已經慢慢的甦醒了。

與四千七百多年相比，這短短二十年簡直是眨眼一般的歲月，就好像是你在床上多賴個五分鐘才起床去上班上課一樣。

但，也不是真的那麼短。

她的甦醒不是一下子醒來，不是跟你們睡一覺之後從床上清醒，說聲太陽公公早安之後刷牙漱口上學去那樣簡單。睡了四千七百年，最後這二十年的歲月，她是慢慢醒過來的。而在這個悠久、緩慢、漫長的清醒過程中，她做了一個夢。

她夢到了許多古早古早的歲月。

那是比四千七百年前更久遠的年代。那是一個比歷史還歷史、讓傳說超越上古、使神話超越傳說的年代。

那是一顆比太陽到地球的距離還要遙遠的星球。那是一顆比地球還巨大、比地球還美麗的星球。

那是屬於她的，和他的，屬於他們的年代。

沒人會記得夢境是從哪裡開始的，她也不例外。但她可以清楚的看見所有的事情。

那是一座漂亮的大花園。裡頭爭奇鬥豔、百花綻放，所有的奇珍異種都是地球這個環境永遠種植不出來的華麗品種。

她坐在花園正中間，坐在花團錦簇裡，用摘來的花朵編織兩個漂亮的花冠。

縱使她和他根本就是那個世界的女皇和皇帝，她內心的小女孩還是讓她對於編花冠來玩這樣的瑣事感到雀躍不已。

事情就在這個時候開始。

她看見他們的衛兵全副武裝、面色凝重的朝她走來。衛兵向她說了收到來自宇宙的威脅，現在這顆星球並不安全，要把女皇帶至安全的地方。

於是她跟著衛兵登上太空船，離開星球的表面，在外太空進行短暫的停留，想要避開那個來自稱「破壞者」的威脅。

結果她就在外太空親眼看著那個破壞者，用其強大的力量破壞了她最愛的星球，消滅了她統治的領土，毀滅了她的家。

然而，屬於她的他並沒有死亡，但搭乘太空船逃出星球的時候卻也是傷痕累累。兩人於外太空會合後，便組織、率領著剩下的軍隊，去追擊那個破壞者。

他們要那個破壞者對他自己的所作所為，付出代價。

那是一段驚險的歲月。

他們追擊破壞者長達二十年，穿越好幾個宇宙，最後，在他們終於發覺破壞者的力量消退的時候，展開了突襲。雖然最後成功消滅了破壞者，但他們也付出了慘痛的代價。

剩餘的族人全數死亡，她和他也因為沾染上破壞者的細胞，變成了下一代的破壞者。

從此，破壞就變成了他們存在的唯一目的。

那又是一段瘋狂的歲月。她深深的感覺不能自已，但又深深的著迷於強大力量帶給她的樂趣。

直到他們找上那顆位在太陽系的藍色行星，這段瘋狂的歲月才終於有個逗點。對，逗點。

雖然理性已被破壞者的力量侵蝕，但她並沒有遺忘掉那些事情。

她永遠不會忘記，親眼看見自己的故鄉被消滅掉的畫面。

她永遠不會忘記，那段沉浸在力量與破壞之中，充滿喜悅的時光。

她不會忘記。

尤其是那個她最深愛的他。她永遠、永遠都不會忘記。

但是他卻忘記了。

曾經只屬於她的他、同時是兄妹也是夫妻的他們，在要破壞那顆藍色行星的時候，決裂成了彼此仇恨的敵人。

她看著他，為了要「保護」那顆星球上跟他們無相關的動物，揮舞著武器攻擊她。

她的身體因此受了傷，但心理上受的傷卻更嚴重。

她試著想要喚起他的記憶，卻換來一個要她別執迷不悟、要她回頭是岸的答案。

她知道他已經不再愛她了。

所以她生氣了，她破壞了那顆星球。但卻在他和那顆星球上其他動物的協助之下，她被打敗了，屈辱的被封印在那顆星球上，從此孤獨的過了四千七百多年，把破壞者力量帶給她的一切，寫下一個逗點。

一個長達四千七百多年的逗點。

因此，她恨他。

她恨他把什麼事情都忘記了。她恨他忘記了屬於他們的國仇家恨，她恨他忘記了屬於他們的過往甜蜜，她恨他把所有事情都忘光之後，還將自己視為萬惡的魔王，把自己困在這個地方。

她，恨死他了。

這四千七百多年來，她無時無刻的不在恨他。

仇恨化作的怒火，讓她千方百計的找出任何方法和計謀，就是要殺死他。

同一時間，他卻也犧牲了自己的生命，和星球同化。經過不斷的轉世投胎，把自己的

力量化作星球的武器，就是為了要拿來對付她。

停戰了四千七百年的戰爭，其實一直不斷的在持續。

而就在今天，讓戰爭暫時停止、換取假性和平的最後屏障，那個累積了眾人的力量、他犧牲生命換來的強大封印——那股封印的力量，終於降低至一個臨界點。

也讓她終於得以睜開雙眼，重新看著這個地方。

她第一眼看見的，是滿天的星空。

好美。

緊接而來的，是心頭一陣悸動。

她感覺到，那個她恨了四千七百多年、千方百計想要殺死的他，終於、終於死了。

她笑了出來。

累積四千七百多年的恨意終於結束，她笑了出來。

隨即，淚水迷濛了她的美麗雙眼。

她覺得自己心裡似乎失去了什麼重要的東西。

這四千七百多年來恨的、想殺死的，終於結束了。可她卻不如自己所想像的那般喜悅。

她，就是黑龍。

而他，就是陳佐維。

黑龍一直都想殺了陳佐維。

但一直到了陳佐維真正死掉的這一刻，黑龍才終於發現，不管自己是恨他還是愛他，這四千七百多年來，她無時無刻不想著的，就一直是他，那個叫做陳佐維的男人。

黑龍一直都很想陳佐維。

她好想好想陳佐維，好想再一次讓他把自己擁入懷裡，聽他在自己耳邊說著那些溫柔的情話；她好想好想再一次站在陳佐維的身邊，讓他摸摸自己的頭，稱讚自己的美麗和力量；她好想好想讓陳佐維再一次回到自己身邊……

黑龍好想陳佐維，從以前，到現在。

就算是現在，她知道自己的僕人已經成功完成她的命令，殺死了陳佐維，讓她所奢望的、所懷念的那些美好在未來都不可能實現的當下——

黑龍還是深愛著陳佐維，無法自拔。

「嗚哇啊啊啊啊啊啊啊啊——————！」

黑龍嚎啕大哭，發出了傷心欲絕的悲鳴。

然後，做出一個決定。

逗點畢竟是逗點，不是句點。

這表示，這個句子，還沒有結束。

黑龍，復活。

NO.NOT BEGIN

After the Bad End

倫敦下起了一場超大的雷雨。這場雨下得又急又大，許多沒有帶雨具出門的人都被淋成了落湯雞。但是前一天的氣象預報顯示，今天不但不應該下雨，反而還要是個大晴天。

很明顯的，這場雨降下的原因，並不自然。

這是因為許多強大的魔法師齊聚一堂，因為兩隻超強大的妖怪登場，因為強悍的魔力和妖氣在空氣中交擊、碰撞，所造成的結果。

在黑龍座下兩隻妖怪——「傴」以及「虐」的橫空出世之下，原本熱鬧的大決鬥場，瞬間變成了人間煉獄。

在那一刻，魔法師們才終於想起那些妖怪曾經帶給人類的恐懼。

不過，由於現場聚集的魔法師絕對不是什麼一般普通的人物，所以人類很快就展開了反擊。

由大會長J率領的大魔法師們，正在大決鬥場上，和兩隻妖怪展開激戰！

「盧尼符文．Anzus！藏傳真言．密！歸依於自在天座前．非想非非想。」

大會長一口氣用六種語言向八個以上的魔法結社、大魔法師下達魔法命令，用他最快的速度、用他最敏銳的魔法嗅覺、用他最擅長的觀察，對著從剛才就在虐殺魔法師的虐展開一連串的反擊。

各種蘊含不同信仰、宗教、力量的魔法攻勢交錯縱橫的密集轟炸在虐的身上，一瞬間就將虐原本囂張跋扈的氣燄炸得體無完膚。

這對一向以「公主」自居的虐來講，絕對不可原諒。

「……該死的猴子們……你們真的惹火本公主了……」

虐咬牙切齒的瞪著大會長，雙手十指的指甲瞬間爆長，連帶著雙手變成恐怖的紫黑色獸爪。接著她張開血盆大口，對著眼前的魔法師發出震天吼叫，背上也振出黑色的巨大肉翅。一瞬間，一個可愛少女馬上變成了一個半人半龍、紫色皮膚的恐怖妖怪。

下一秒，現回原形的虐就對著魔法師們噴出黑色的龍燄，想要用龍燄燒光那些反抗她的猴子們。

「薩滿・空氣元素、薩滿・水元素！神道・祓靜結界！居爾特魔法・槲寄生弧環之力！」

虐的龍燄恐怖，但大會長的瞬間洞察力和反應更是快得嚇人！在虐剛有動作的瞬間，他便再度下命令，指揮魔法師們用各種不同流派、系統的魔法創造出一個滴水不漏的防守結界，成功的將虐的龍燄擋下。

連番失利讓虐怒極，但她也因此認知，那群魔法師分開來並不可怕，只有在那個不斷下命令的男人帶領下才可怕。

正所謂打蛇打七寸，擒賊先擒王，這個道理虐當然不可能不懂。於是她決定要清出一條血路，直取大會長而去。

身隨念轉，虐四肢伏地，怒吼一聲之後，整個人如同炮彈一般飛向大會長。在撞擊上剛才那個結界的當下，虐在瞬間將全身的妖氣一次性爆發出來，硬生生的震潰整個結界。接著她在空中用肉翅一揮，四肢亂掃，劃出一道直取大會長而去的、由血和肉變成的血腥龍捲風！

「保護大會長！」

沒等大會長下命令，左右的魔法師們就已經自動的擋到大會長面前。但虐的速度實在太快，力量又實在太強大，那些擋在大會長面前的魔法師就好像被丟進果菜汁機裡面的紅蘿蔔一樣，在瞬間就變成了血腥肉醬。

但他們的犧牲不是毫無意義的。雖然只爭取到了「瞬間」的時間，但已經足夠讓另外

一個大魔法師殺進現場，用盡力量救走大會長。

那是貝兒，大薩滿．貝兒．伊雷格。

雖然在大戰剛開始沒多久，貝兒就被虐在兩回合內打敗，但事實上，那多少歸咎於貝兒還沒完全進入狀況。畢竟陳佐維莫名其妙慘死面前的畫面太過震撼，就算貝兒繼承了上古大薩滿靈魂，骨子裡也不過是個十五歲的少女，沒那麼快回到狀況內也是可以預期的。

但現在不一樣了，被打敗之後的貝兒很快就站了起來。能在那千鈞一髮之際解除大會長的危機，就是最好的證明。

本以為這一擊會順利得手的虐，在落空的情況下悻悻然落地，渾身浴血的她看起來更是凶殘暴力。她舔舔爪子上黏膩的鮮血，瞪著貝兒說：「這麼久沒出現，我還以為妳嚇得逃走了……破壞本公主好事，嫌命太長嘛？」

貝兒把大會長放下之後，轉身收起平常人畜無害的親切笑容，不發一語的瞪著虐。

「唷～表情好凶我好怕呢！」相對於貝兒的嚴肅，虐倒是戲謔的說：「不過妳的頭髮被我拔掉一塊，禿了一圈看起來真好笑，笑死人啦～哈哈哈哈哈！」

無視虐的挑釁，貝兒依然按兵不動的擋在虐和大會長之間。但其實她已經默默在調整自己身邊的元素力量，準備要和虐決一生死。

決一生死，因為貝兒也沒有把握自己能否活著離開。

就在這個時候，一個平常老是跟在大會長身邊、不斷挨罵的科長，突然跑到大會長的身旁，說：「大會長，請您解開我們的限制！」

那個科長是個黑人，說的英語是南美口音。在他的西裝襯衫沒有遮住的胸口，隱約露出詭異的刺青。

大會長愣了一下，但沒有思考太多，馬上對那科長大喊：「解開。我艾瑞克以【組織】大會長的身分下命令，解開你們六個科長的限制！」

聽到大會長這句話，那個科長露出了微笑。

「我等您的這個命令，等好久、好久了啊！」

說完，那個科長一把扯開自己的西裝襯衫，身上的刺青發出激烈的光芒後就消失了。

接著他舉起左手移到嘴邊，用力的往手腕上咬了下去！咬斷靜脈之後，他將自己的鮮血灑向周圍的魔法師。

或者該說，本來是魔法師的……屍體。

【組織】大辦公室的位置一直都是公開的，它並不怕有魔法師來這裡找碴。而它之所以敢這麼囂張，靠的不是別人，正是因為這裡有六個位階只在大會長之下的科長。

雖然這六個科長平常只有挨罵的分，甚至感覺好像一點魔法都不會，但事實上，他們不是不會……

反而是因為他們會的魔法太殘忍，所以才會被下了言靈限制。

他們的魔法，叫做禁術。

好比眼前這個科長，將他的鮮血灑向屍體後，輔佐以自己口袋裡的神秘魔藥，很快就能製造出大量喪屍軍團的「巫毒」魔法。

好比另外一邊，一個頸部以下全部包滿繃帶的科長，在解開限制之後，從地底召喚出他「醃製」很久的木乃伊，這是操控木乃伊作戰的「古埃及冥河」。

又好比那個帶著許多瓶瓶罐罐，且不斷從褲管、衣袖中掉出許多詭異小蟲子的科長，在解開限制之後，嘔出一條發出妖異金光的巨蠶，這是可以發出劇烈毒氣的「南洋邪降」。

再好比手上拿著鈴鐺，另一手拖著一副棺材走到會場的科長，在解開限制之後，鈴鐺一搖，一具穿著清朝官服的屍體僵直立起、破棺而出，這是驅使殭屍向前行動的道教「煉屍」。

更好比因為長年接觸屍體、吸收太多屍氣、皮膚也呈現灰白色的科長，在解開限制之後，從大衣口袋裡拿出裝滿用福馬林浸泡著人類器官的罐子，這是對應天上十二黃道帶位置而作戰的「死靈法術」。

最後是穿著科學家白袍、終於有個看起來像是正常人一樣的科長，在解開限制之後，竟然拿出藥劑，滴在自己牽著的小狗身上，這是把小狗變成科學怪物奇美拉的「邪獸使者」。

六種橫跨歐、亞、非、美五大洲、貫穿科學和魔法界限的「禁術」，在今天這一刻，為了要對抗邪惡的妖怪，終於再度解開限制了。

虐愣了一愣，看著這六個突然登場、氣勢凌人的科長，又看著他們帶來的各種邪惡魔法，再看看一直擋在自己面前、表情始終嚴肅沉默的貝兒。

她笑了。

「……有意思……」

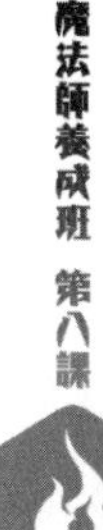

虐一邊笑，一邊搖搖頭說：「你們知不知道，其實剛才本公主一直覺得很無聊。你們想想嘛……就算是你們，一直殺螞蟻，是不是也會覺得無聊？本公主一直想要找個能陪我過個幾招的玩具……嘿嘿嘿，哈哈哈哈哈！猴子們，你們倒挺適合陪本公主玩耍的啊！」

說完，虐突然飛上半空，居高臨下的對著那些魔法師說：「同樣的，也挺適合讓本公主繼續宣揚『恐懼』啊！」

虐和魔法師們的戰鬥，正式進入第二回合。

另一邊，大決鬥場舞臺上，另外一群魔法師和另一個妖怪的戰鬥還在進行中。

站在舞臺上的，是韓太妍、公孫靜、藤原瞳、慕容雪，還有一些其他的魔法師。而被圍攻的妖怪，是儡。

不過，儡基本上只是在舞臺上看虐在舞臺下戰鬥，根本沒有要出手的打算。

因為他還在「享受」自己計畫的成功。

沒錯，這次的計畫實在太成功了。

偏和虐兩隻妖怪出場的時機會這麼剛好，這一切絕對不是偶然，全部都是黑龍座下專司「情報」的妖怪——偏一手精心策劃出來的年度大戲。

早在他得知陳佐維要決鬥全世界魔法師的當下，他就已經開始計畫這場屠殺。在他的計畫裡，不管陳佐維到底能不能成功的打贏全世界的魔法師，能夠在黑龍殿下復活之前，一口氣消滅掉會威脅到黑龍殿下的主力的機會，也就只有在這個地方了。

結果他還真是想不到，陳佐維竟然可以成功的打敗全世界的魔法師。這讓他的計畫比預期的還要成功。

為了要決鬥全世界的魔法師，陳佐維在宣布決鬥之前，就先對全世界丟下震撼彈，讓全世界都清楚原來這個世界正處於即將被毀滅的危機之中。先讓全世界的魔法師在心裡有一個底，然後再來給他們一個希望，那就是——「就算世界即將被毀滅，還有那個陳佐維會保護大家。」

當然，空口說白話，口說無憑，所以陳佐維才要用比較激烈的手段，藉由打倒全世界魔法師這個瘋狂的舉動來證明自己的力量比所有魔法師「加起來」還要強大。

這才是偏這個屠殺計畫比成功更成功的原因。

陳佐維證明自己比所有魔法師「加起來」還要強大，然後他們趁著陳佐維失去大量體力的時候登場，在眾人面前用羞辱般的殘忍方式處決陳佐維。這樣的行為，就能讓在場所有魔法師的心裡產生一個念頭——

「連陳佐維都打不過的敵人，我們怎麼打得贏？」

這下子，宣傳黑龍殿下的「恐怖」該要有的天時、地利、人和都有了，讓這場由倕在幕後規劃、虐上臺執行的屠殺鎮壓大秀，表演得比成功還成功，這還得感謝陳佐維真的能打倒全世界的魔法師呢！

所謂的計畫永遠趕不上變化，大概就是這個意思。

雖然舞臺底下的人類似乎已經有找回一點信心，但說到底，看看血流成河的現場、看看兵敗如山倒的魔法師，倕還是覺得自己成功到極點。

這讓倕感覺舒服極了。他不用自己下場出手，就算是全部交由嗜殺暴虐的虐去處理，他也從中獲得極大的快感，然後讓他可以開心的向黑龍殿下回報這次的成功，想讓黑龍殿下給他獎勵。

這也是他為什麼一直沒有動作的原因。

直到一道黃金劍氣朝他揮砍過來為止。

倕沒有避開。

他站得直挺挺的，任由那道劍氣劈砍在自己身上。雖然憑他的修為，這道劍氣對他根本造成不了什麼傷害，但他還是從其中獲得一點懷念的熟悉感覺。

同時也給他一個，可以讓這整個事件更成功的靈感。

「……軒轅劍法，對吧？」

聽到倕突然說出自己擅長的絕招，公孫靜愣了一下，反問：「你知道？」

就在這個時候，雙手被扭斷、經過緊急魔法治療後咬牙硬上的韓太妍立刻大喊：「別理他！那個人專門調查過我們！小靜別上當！」

「不不不。」倕搖搖頭，輕鬆的笑著說：「我認識軒轅劍法的原因不是因為我調查過……而是因為……」

說著，倕舉起右手，比出劍指。

「因為我也會。『軒轅劍法・殘月』！」

說完，倕就用劍指對著公孫靜劈出一道剛猛至極的黑色劍氣！這劍氣去勢極快，比公孫靜全力施展的還要強大！

公孫靜立刻舉劍要擋，但身旁的藤原瞳、慕容雪一看情況不對，立刻湊到公孫靜身邊，祭出自己的神道和道家的魔法絕學，合三人之力，一起擋下了僞的殘月劍氣。

看到這一幕，慕容雪對僞說：「少來了啦！隨便弄個好像劍氣一樣的東西出來，就說自己會軒轅劍法！這樣我也算會了啦！」

僞搖搖頭，笑著說：「看來小ㄚ頭還不了解呢……妳們沒注意到，妳們寄予厚望的救世主，也就是那個躺在小綾懷裡的屍體，他生前揮出的軒轅劍法的劍氣顏色，不都跟我是一樣的黑色嗎？」

聽到僞說出這種話，眾人都愣了一下。

也是因為這句話，大家才猛地發現，陳佐維的劍氣顏色，一直都跟公孫靜發出來的、像維●力那種健康的金黃色不一樣。

公孫靜的劍氣是蘊含浩然正氣的金色，但陳佐維的卻是如同這個僞所說的，是極為霸道、強悍的黑色啊！

「……那又如何？」公孫靜俏臉一冷，像是不放在心上的對僞說：「黑色如何，金色如何？能殺了你就夠了！」

「欸～妳們難道都還不知道，其實那位救世主他……」

就在這個時候，倜突然停止了動作。因為他聽到了他朝思暮想、夢寐以求的聲音。

於是倜停下手邊的動作，轉身往天上飛去，就好像飛得高一點，收訊會比較好一樣。

他停在半空中，閉上眼睛，專心聆聽那道聲音，還有那道聲音交代他去辦的事情。

他開心的聽完之後，緩緩睜開眼睛，表情卻不像剛才那樣的喜悅。

他甚至是有些不太高興。

倜緩緩的降落回舞臺上。這次他不去理會舞臺下的戰鬥，也沒有看那些剛才還在跟他打得火熱的眾魔法師們。

他的目光，直接集中在依然抱著陳佐維、坐在舞臺旁邊哭泣的藤原綾。

公孫靜等人和其他的魔法師也都注意到倜在看向藤原綾他們，於是再度有了動作，全部擋到藤原綾和倜的中間。

「……你想做什麼？」韓太妍瞪著倜，問。

「……討厭。」倜搖搖頭，嘆口氣說：「關妳屁事，讓開就對了。」

說完，偶就邁開步伐向前走。

偶這樣講，那些魔法師當然不可能應和他，不可能讓路給他過去啊！於是所有的魔法師再度集中火力轟炸偶。但剛才偶專心在看臺下的表演打架都能輕鬆閃開所有的攻擊了，更何況這次根本就是盯著那些魔法師在對他攻擊呢？果不其然，那些魔法攻擊沒有一個能對偶造成有效的傷害。

這讓大家再度驚覺，自己和這個妖怪的能力等級到底相差多少。

才一下子工夫，偶已經穿越過眾人，來到藤原綾的面前。

藤原綾緊抱著陳佐維的屍體，緩緩的抬頭看著面前那熟悉又陌生的偶。熟悉的是那張韓太賢的臉皮，陌生的是他那張面無表情的臉。

「把陳佐維交給我。」

偶擠出一絲如鄰家大哥般的笑容，對藤原綾又說一次：「把陳佐維交給我。」

藤原綾沒有回應，只是把陳佐維的屍體抱得更緊一點。

於是偶嘆了口氣，再說一次：「把陳佐維交給我。」然後補上一句——

「不然，我會殺了妳。」

NO. YES/NO BEGIN

「媽媽……我可以跟你們一起睡嘛……」

小小藤原綾拎著她最愛的、李永然送給她的兔寶寶玩偶，穿著粉色小睡衣，眼眶帶淚的跑進李永然和藤原美惠子的房間裡，輕輕拉著美惠子的手，說：「我怕黑黑……可以一起睡覺嘛……」

每當這個時候，美惠子都會立刻睜開眼睛，溫柔的摸摸藤原綾的頭，笑著說：「可以呀……小寶貝，趕快上來睡覺覺吧！」

聽到美惠子的回應，小藤原綾才破涕為笑，拎著兔寶寶玩偶爬上床，擠到李永然和美惠子的中間。

其實藤原綾並不是真的怕黑。

或者該說，並不是真的「只怕黑」。

這或許是每個魔法師必經的成長過程。

天分越高、資質越好的魔法師，更會經過這一段，因為他們的「靈感」通常比一般人還要好，所以常常在小的時候，就可以在黑暗中感覺到那些許許多多的、來自不同世界的東西。

藤原綾怕黑，更怕躲在黑暗中的那些東西。

也因此，就算她已經擁有自己的房間了，她每天晚上還是會跑來爸爸媽媽的房間裡，和李永然還有美惠子擠在一張床上睡。

小孩子很容易滿足。

這個時候對藤原綾來說，不管什麼妖魔鬼怪她都不會怕，因為她的爸爸媽媽會保護她。有他們在，藤原綾會很安全很安全，而且他們會一直都在，一直保護藤原綾。

然而，這樣的幸福卻維持不久。

後來，李永然為了追求魔法更高級的力量、為了要參透世間最完美的道理，他拋棄了小藤原綾還有美惠子，離開了她們，自己跑去修仙。

但是，還不只如此。

在李永然去修仙的當下，當時的【組織】大會長才剛下命令，要任命李永然為新任東方魔法界會長，結果因為李永然臨陣脫逃跑去修仙，所以美惠子就這麼「妻代夫職」的硬著頭皮接下這個會長的位置。

當然，當年的美惠子不但是東方魔法界最強結社之一的【藤原結社】大當家，更是李永然的妻子，接任會長的聲勢也是如日中天，不讓她接任，整個東方魔法界也很難找出第二個人選。

但這對藤原綾來說，並不是最好的結果。

接任需要日理萬機的東方魔法界會長，表示美惠子必須要犧牲很多私人的時間。尤其是一開始，許多業務都還不上手的情況下，美惠子巴不得自己有三頭六臂，一天能有七十二小時。她一個月回家不到一次的情況，時常發生。

也因此，小小藤原綾的家，就這麼莫名其妙的毀了。

原本的小藤原綾是一個有疼愛她的父母、有整個家族當靠山、人見人愛的魔法界小公主，但是自從李永然莫名其妙的離開，美惠子接任東方魔法界會長之後，藤原綾的家就消失了。

回到家裡，不會再有母親溫暖的問候，餐桌上不會再有母親準備的晚餐，也永遠沒辦法再窩在父親的懷裡撒嬌。

取而代之的，是保母，是魔法老師，是怎麼花也花不完的錢。

藤原綾很堅強。每當她想要向母親撒嬌，想要讓母親看看她在魔法上、在學校課業上又有什麼進步的時候，一看到母親回家之後就癱坐在沙發上打盹的樣子，一看到自己那在外面永遠光鮮亮麗、氣質動人的母親回家之後累到連說話的力氣都沒有的樣子，她就會笑著要母親不用擔心她。

藤原綾很堅強，她盡量不讓母親擔心她所有的一切。事實上，大部分來自藤原美惠子的協助，都是來自一個母親對自己女兒的虧欠，都是藤原美惠子主動幫忙，藤原綾鮮少自己開口要求什麼。

藤原綾很堅強，她的精神從她很小的時候，就被磨到像是千錘百鍊過的鋼鐵一樣。

所以，很快的，藤原綾就不再怕黑了。

藤原綾很堅強。

但藤原綾很孤單。

她那彆扭的個性，便是因此而來。

長年累月的孤單，以及美惠子那因虧欠而轉變的寵溺，讓藤原綾的個性逐漸霸道起來。她很難坦率的去表達自己真正的感覺，因為她很怕自己一旦真正的說了什麼出來，那些她愛的事情、她愛的對象，會跟當年的李永然一樣，離她而去。

所以她用憤怒來武裝自己的情緒，用生氣來填滿自己的孤單。

但這一切，都因為一個人的出現而有了改變。

因為陳佐維踏破了藤原綾的結界，因為陳佐維出現在藤原綾的身邊，因為陳佐維，藤原綾的武裝、藤原綾的孤單逐漸消失。

雖然兩個人的相遇實在爛透了，一開始的相處也糟糕極了，但藤原綾的霸道，讓她對於陳佐維這個人的存在，實在有一種很難以言喻的複雜感受。

藤原綾討厭陳佐維，可是因為對外宣稱的情侶關係，對內宣布的長官下屬關係，都讓她很先入為主的有一個想法，那就是——

死陳佐維是我藤原綾專屬的！

所以當陳佐維和公孫靜在一起的時候，當陳佐維和韓太妍耍曖昧的時候，當陳佐維竟然還有青梅竹馬她卻不知道的時候，她都非常非常的生氣。

因為死陳佐維是我藤原綾專屬的！妳們這些人來攪什麼局啊！

還有你啊！死陳佐維！搞清楚你的身分好不好？你是我的耶！那麼高興是怎樣啦！

藤原綾一開始真的是這樣想的，但等她發現自己越來越在意陳佐維的一舉一動，她越

來越不喜歡陳佐維忽略她而老是跟其他女孩子在一起，她根本把慕容雪這個動不動就敢對陳佐維手來腳去、眉目傳情的傢伙看作仇人的時候……她才發現，原來陳佐維在她的心中，已經是一個很特別的存在了。

因為有陳佐維在，藤原綾的孤單終於被終結了。圍繞在她身邊的，不再只是冷冰冰的餐桌、空無一人的豪宅、花也花不完的錢，而是變成了一個溫暖的小窩，一張永遠都會坐滿人、充滿笑聲打鬧的餐桌。

甚至連錢，都還真的花完了。

藤原綾已經在不知不覺的時候，喜歡上陳佐維了。

雖然這樣講好像很奇怪，但喜歡一個人本來就不需要理由，反正藤原綾一直都這麼彆扭，她是怎麼喜歡上陳佐維的，一直都是這個故事最大的謎團，講不清楚也隨便啦！

雖然如此，但是藤原綾始終不敢、也沒有說破她這份對陳佐維的感情，甚至連承認自己喜歡陳佐維的勇氣都沒有。

因為藤原綾害怕。

她害怕付出，她害怕只要說出來，只要自己真正承認愛上陳佐維，陳佐維就會和李永然一樣，拋棄她，離她遠去。

結果……

這次她還來不及說出口，她還來不及付出，她還來不及承認，陳佐維還是拋棄她了。

藤原綾緊緊抱著陳佐維的屍體。

傾盆的雨水打在她單薄的身上，打得她好冷。

看著陳佐維胸口那一個大洞，看著陳佐維死不瞑目的瞳孔逐漸黯淡，藤原綾的淚水不受控制的，跟雨水一樣傾盆而下。

「……大笨蛋……你說了要一起回家的……我相信你耶大笨蛋……」藤原綾緊緊抱著陳佐維的屍體，哭著說：「你快點起來啊……我是你的幸運女神……我還有好多話沒跟你說……我……大笨蛋……嗚……」

就在這個時候，好像連告別的機會都不願給似的，黑龍座下的大妖怪——倔，走到她的面前。

藤原綾緩緩的抬頭看著面前那熟悉又陌生的倔。熟悉的是那張韓太賢的臉皮，陌生的

是他那張面無表情的臉。

「把陳佐維交給我。」

倡擠出一絲如鄰家大哥般的笑容，對藤原綾又說一次：「把陳佐維交給我。」

藤原綾沒有回應，只是把陳佐維的屍體抱得更緊一點。

於是倡嘆了口氣，再說一次：「把陳佐維交給我。」然後補上一句——

「不然，我會殺了妳。」

藤原綾停止了哭泣，但她還是緊緊抱著陳佐維。

「……我喜歡的、我愛的東西，你們都要把他從我身邊搶走嗎？」藤原綾再度低頭看著陳佐維的臉，喃喃自語著。

「小綾，別這樣。」倡笑著說：「人死不能復生，節哀順變。不過，這個人既然已經死了，屍體妳留著也沒什麼用，就給我吧！」

「……給你？」

藤原綾微微抬頭，雙眼充滿殺氣的瞪著倡。

倡點點頭，說：「是啊……現在的眼神很棒喔！不過妳別做抵抗了！妳要是不乖乖把那具屍體給我的話，我會殺了妳喔！」

「我才要殺了你！」

說完，藤原綾朝著傴扔出一枚魔力彈。

這並不是她擅長的陰陽道，而是神道魔法的應用。但因為現在她手邊沒有符紙、沒有媒介來施法，所以只能先暫時使用其他魔法來作戰。

想當然，這枚魔力彈對傴一點影響也沒有。

但卻讓傴一直掛著的笑容消失了。

「……我老實跟妳說，其實妳真的很討厭。」

傴的臉色沉了下來，瞪著藤原綾說：「從我霸占這個身體以來，我就能從他的記憶裡看到有關妳的一切。真的不得不說，妳還一點優點都找不到。妳霸道、不可理喻、容易生氣，就連長相也不是真的漂亮到哪裡去……說實在的，我知道妳當年曾經喜歡我這個身體，但妳知道我這個身體可是一點都不想理妳嗎？」

藤原綾還是抱著陳佐維，咬牙切齒但卻沒有回嘴。

「呵～要不要我去霸占妳懷裡那男人的身體看看他的記憶怎樣啊？我敢說啊，他對妳

絕對沒有好感啦！他搞不好一看到妳就怕得要死，把妳嫌到一無是處。妳會一個人孤單到永遠的啦！」

「閉嘴！」

藤原綾又扔出一枚魔力彈，但這次的魔力彈效果更慘，不但沒沾上偲的邊，甚至還在偲的面前就自己爆炸。

「可憐的小綾唷～我看我就行行好，出手解決妳的痛苦好了。」偲又笑了，但這卻是一個充滿惡意的笑容。他笑著說：「我就殺了妳，再把陳佐維帶走吧！」

說完，偲張開雙手，聚起了紫色的魔力能量。

這其實不是偲的魔法，這是屬於韓太賢的魔法。刻意使用韓太賢的魔法，似乎是偲想對藤原綾做的一個惡意的諷刺。

然而，即使這並非偲的魔法，但使用上偲那超強絕倫的魔力來推動的結果，就是這魔法的威力強悍得難以想像。別說是現在這個樣子的藤原綾，哪怕是將四方五行元素都定位完成的藤原綾，也不見得能與之一搏。

藤原綾自己當然也感覺得到，她很清楚偲雙手凝聚的魔法到底有多可怕，但她就是不肯放開陳佐維。

每次放開，每次都差點抓不回來。這一次，她說什麼也不會再把陳佐維放開了。

「小綾，再見。」

倔輕輕的從口中吐出這簡短的句子當作道別，同時雙手也優雅的向前一推，手中那枚強大但並不張狂、內斂卻蘊含霸氣的紫色魔力球，直取藤原綾而去。

但就在這個時候，一堵強大的結界突然出現，擋在藤原綾和魔力球之間！

「祓除鎮魔．剛！」

在這千鈞一髮之際，一個女人的身影突然出現在舞臺上，她造出的神道結界和倔的紫色魔力球互擊之後，成功的震潰了倔的攻勢。

「……當初我真是被你騙得好慘好慘，傻傻的把那些孩子們的事情都告訴你了。」

「其實還好，妳說的也不算很多，美惠子阿姨。」

突然出現在這裡的女人，正是藤原姐妹的母親——藤原美惠子。

其實憑美惠子的實力，她早就應該要出現在這個舞臺上，和大會長等人一起並肩作戰。但大家千萬不要忘記，美惠子她根本還是一個階下囚，全身的魔力仍被封印住。所以一直等到現在，有人跑去解開她的封印之後，她才終於可以參與戰局。

而那個跑去解開她封印的人，也跟在美惠子的身邊颯爽登場。但他還是那個老樣子，雖說是突然出現的，可給人的感覺就好像他早已站在那邊，只是大家沒發現而已。

藤原綾抬頭看著出手拯救自己的母親，還有那個跑去解開母親封印的人，一種難以言喻的感覺從心裡油然而生。

因為那個人，正是她的親生父親，道家當代唯一地仙級魔法師，建成仙人——李永然。

「……小綾，沒事了。」李永然沒有先去管倔，而是回頭蹲下來，對藤原綾說：「爸爸在這，妳別……」

「啪！」

就在李永然話還沒說完的當下，藤原綾突然賞了李永然一巴掌。

這突如其來的變化，讓原本正在跟倔對峙的眾魔法師都大吃一驚，美惠子更是回頭怒叱藤原綾道：「小綾妳在做什麼！那是妳爸爸！」

「你現在才來有什麼用啊！」

藤原綾抱著陳佐維的屍體，對著李永然哭著大喊：「你為什麼每次都慢一步？為什麼每次都這樣？別人永遠比我重要！你……你要是早一點來，陳佐維他就不會死了……你……」

李永然沒有回應藤原綾的指責，臉上更是沒有一絲表情的變化。這是因為他長年修習道家心法所致，對什麼事情都看得很淡泊，無為而治。

他只是點點頭，站起身來，回頭看著偭，嘴上說著：「抱歉，爸爸太晚來了。」

看到這一幕，美惠子差點就要哭了。她知道李永然與藤原綾處不好，以為藤原綾長大後會改善，結果沒想到兩人的關係好像更加惡化，於是她趕緊把站在一旁看傻了的藤原瞳叫過來，要她把藤原綾先帶走再說。

「……等等。」

就在藤原瞳要把再度哭哭的藤原綾帶走的當下，一直沒說話的偭又開口了。他搖搖頭說：「美惠子阿姨，我可以答應妳，不對你們出手。但麻煩妳，把陳佐維的屍體留給我，讓我帶走他好不好？」

「不行。」美惠子搖搖頭，說：「畢竟他才剛死，屍體也挺完整的。只要我們快一點

解決你，六個小時之內都可以用喚魂術使他復活回來。所以……」

說著，美惠子也換上難得的憤怒表情，瞪著倜說：「所以你這個殺死無辜人類的妖怪，納命來吧！」

話說完的同時，美惠子立刻出手拋出一枚粉紅色的魔力光彈，就和藤原綾剛才丟出去的東西一樣。但不一樣的是，無論力量、速度與氣勢，都遠比藤原綾的那枚強大太多太多。

倜並不敢託大，他收起嬉皮笑臉的態度，很認真的雙手比出劍指，用「軒轅劍法．方圓」將美惠子的魔力彈擋下。

眼看藤原瞳就要把藤原綾帶走，倜終於出手了。他將自己的妖氣最大化，雙手劍指揮出無限劍氣，「軒轅劍法．無限」，無限炸裂！

數千數萬道黑色劍氣從倜的雙手炸出，密密麻麻的朝著美惠子吞噬過去！隨便一道劍氣的威力都勢如破竹，更別說這麼龐大的數量。

但是美惠子的表情絲毫不畏懼。她不慌不忙、氣定神閒的雙手畫圓、用力的拍擊地面，一瞬間又創出一個巨大護盾，將倜的無限劍氣擋得滴水不漏。

這還沒完，在抵擋倔的攻勢的同時，美惠子更是立刻變換魔力的流向，「吃下」無限劍氣之後，融合自己的神道魔法，將它加倍奉還回去！一股蘊含神聖威力的黑暗劍氣，反朝著倔轟炸過去。

「軒轅劍法．方圓！」

倔再度祭出方圓大陣，兩邊的黑色劍氣交撞在一起，彼此消弭。然而，黑色劍氣消弭掉了，美惠子的神聖魔力卻沒得消除，倔吃了大虧，被美惠子這次漂亮的反擊擊中，轟出一道傷口。

不用任何法器、不需要唸咒，心念一轉、手勢一比、魔力一流通，在人生地不熟的陌生國度，在沒有靈脈、信仰優勢的情況下，馬上就能施展神道魔法，創造這麼完美的反擊，美惠子的魔法造詣，可見一斑。

這也是倔之所以不敢託大的主因。

雖然他從沒跟美惠子交手過，甚至整個故事裡，這搞不好還是美惠子的第一次正式出手，但從倔的情報裡面，他很清楚的了解——

雖然美惠子她是一個不及格的【組織】會長，但她同時也是這個世界上最強的魔法師

之一。

而且，這個世界上最強的另外一個魔法師，此時正站在她身邊，還沒出手。

這讓傴知道，自己不能再保留實力下去。

於是他撕碎了韓太賢的人皮，露出人皮底下的真身。

也就是那個上古時代就活到現代的——「姬軒轅」。

當然，這個姬軒轅長得不像陳佐維夢裡那個督瑪公主這麼可愛。她雖然還是人類的樣子，但靠著黑龍的力量活了四千七百多年的她，皮膚也跟黑龍母女一樣，變成了紫色，身上也多了許多的黑色刺青。

整體來說，她變成半人半妖的人妖模樣。

所以想當然，她已經不是姬軒轅了。

現回真身，傴的妖氣比剛才更加暴漲十倍不止。她憤憤然的瞪著美惠子，大吼：「美惠子阿姨，去死吧！」

美惠子並沒有理會傴的挑釁，而是先對場上其他的女孩說：「太妍，妳們趕快跟小瞳一起帶著小綾走，這邊交給阿姨和叔叔就夠了。」

聽到美惠子的話，僞馬上轉頭看著那些女孩，大喊：「想走？我就先殺光妳們！」僞一喊完，就說到做到的馬上朝著韓太妍衝了過去。結果在她要攻擊韓太妍的瞬間，李永然突然出現在她和韓太妍之間，雙手一揮，一個黑白氣團組成的太極巧妙化解了僞的攻勢。

「快走。」李永然簡短的對韓太妍說道。

被指名兩次的韓太妍馬上轉身往藤原姐妹離去的方向跑，然後其他女孩也立刻跟著跑了過去。這期間僞也試著阻止她們，但卻每每被李永然和美惠子擋下。

眼看黑龍吩咐的任務就要失敗，僞急忙的大喊：「小公主！快來幫我啊！」

舞臺下面的虐一個打八個依然不落下風，畢竟她本來就是黑龍的親生女兒，戰鬥力非同小可。但一聽到僞在呼救，她就毫不戀戰的回頭跑到僞的身邊。

「……別跟我說妳一個人對付不了兩隻猴子。」

聽到虐的質疑，僞點點頭，說：「這可不是普通的猴子啊……小公主！」

「都是猴子。」虐不置可否的聳肩。

兩隻妖怪抬槓的當下，大會長、貝兒和六個科長也回到舞臺上。連同剛才還沒被打倒的幾個大魔法師，還有李永然和美惠子這兩個超級強者，這場戰鬥的第N回合，再度開打……

結果沒有。

因為就在這個時候，一道落雷打在舞臺正中間，打斷了眾人的動作。

同一時間，一股強大的妖氣帶來的巨大壓迫感，壓得眾人絲毫不敢動作。

隨著電光和壓迫感一起出現的，竟然是黑龍。

黑龍她飄浮在半空中，沒有去搭理那些所謂的大魔法師。她一來，就先把矛頭指向倔，質問她：「為什麼過這麼久，還沒有把我要的人帶過來？」

在一看到黑龍出現的瞬間，倔已經不由自主的跪了下來。聽到黑龍的質問，倔才抬頭看著黑龍，說：「……碰上一點阻礙。請殿下不要擔心，屬下很快就會完成……」

倔一邊回答、一邊注意到，黑龍雖然是在問自己問題，但她的眼神卻始終看向藤原綾那邊。

也就是陳佐維屍體所在的位置。

「……完成任務。」倜有些不是滋味的把話說完。

黑龍笑了笑，說：「沒關係……我可以把力量借給妳們。目前我也只能做到這樣……好好去把我交付給妳的任務完成吧！」

說完，黑龍就化作兩道黑氣，竄入倜和虐的身體裡面。

接收黑氣的兩妖，身體馬上產生激烈的變化！

虐的身體變得更加龐大，肌肉暴漲，變成一個健美小姐的感覺；倜更是長出犄角和黑色肉翅，完完全全的妖怪化。而兩妖原本就強大的妖氣，此刻更是強悍得不像話，甚至還牽動了大氣，讓雲層中不斷的在打雷。

獲得全新力量的虐，迫不及待的就先動手。她一瞬間就消滅了出場氣勢強大、花了導演不少篇幅在描述的六個科長，接著又一拳打倒了好像永遠都打不倒的貝兒，然後朝著戰鬥力明明最低落、可是處理起來卻最麻煩的大會長攻擊過去。

說時遲那時快，美惠子及時趕到大會長身前，瞬間張開防護結界，想要擋下這次的攻擊，結果整個結界硬生生被虐打爆！她和大會長兩人更是被一拳打飛，摔落到舞臺下方，鮮血狂噴。

儡不像虐一樣，急著找人試刀來看看自己的新力量到底多強大，她一心只想早點完成黑龍大人交代的任務。所以趁著一片混亂的當下，她已經來到女孩們逃跑方向的前面。

夾帶死神氣勢出現在眾女面前的儡，也懶得廢話下去，一出手就是強化後的「軒轅劍法・無限」！無限劍氣炸裂！

但在無限劍氣轟炸結束之後，眾女除了東倒西歪的躺了個亂七八糟之外，並沒有人真正因此受到重傷，頂多就是被劍氣的震波震到氣血紊亂而已。

因為李永然早在劍氣炸裂之前，就已經出現在眾女面前，用自己的力量擋下了這次的攻擊。

沒錯，是「擋下」。

李永然其實並不擅長防禦，或者該說，他的魔法系統比較不擅長防禦。但相較於防禦，他的「閃避」可以說是最高等級。他那招幾乎是作弊程式的外掛絕學「禹步」只要一施展出來，所有的攻擊基本上都打不中他。

但這次他沒有閃開。他用盡自己的修為，擋住了儡的全部攻勢。

因為藤原綾在他背後。

不過，因為李永然實在不擅長防禦，所以即使擋下了攻勢，護住眾女安全、沒人死蹺蹺，但他還是傷重累累，全身浴血的半跪在地。

藤原姐妹就在李永然的身後，而藤原綾更是被妹妹藤原瞳抱住，所以受到的震波傷害最小。她緊抱著陳佐維的屍體，看著眼前李永然傷痕累累的背影，一瞬間不知道要說什麼才好。

「……爸爸……對不起妳……」

李永然硬是又站了起來，背對著藤原綾，說：「……可是……妳……在爸爸心裡……永遠……都是最重要的……」

說到這裡，他回頭對藤原綾露出一個自從他修成地仙之後，就鮮少露出的笑容。

「很抱歉……爸爸一直到現在才終於明白……請原諒爸爸……」

藤原綾的淚水再度奪眶而出。

藤原綾她用憤怒武裝自己的情緒，用生氣來填滿自己的孤單。可是她其實最渴望得到的，一直都是她記憶中那個幸福美滿的家庭，那個每天晚上可以擠到父母中間睡覺的時光。

她之所以在修煉陰陽道的時候，捨棄方便好用的式神不用，而是使用許多陰陽師敬而遠之的靈符咒歌系統，正是因為她希望能藉由這樣的方式，讓當年那個拋棄她跑去求道、使用符籙咒語的父親，能夠回頭看看自己的成長。

「……爸爸……」

李永然聽到藤原綾喊這麼一聲爸爸，心中的牽掛終於消失。

「阿綾，把爸爸當成妳的式神吧！」

李永然閉上眼睛，天空落雷不斷，打下的是紅色的落雷。

修成地仙之後，再往上一級，就是所謂的「天仙」。凡人之軀修成天仙，就需要經過渡劫的程序。而天上降下的紅色落雷，正是渡劫的開始。

其實李永然的修為早就足以讓他羽化登天，但他心中始終有一個牽掛，他始終覺得自己虧欠藤原綾，因此久久不能仙化。但在這一刻，他心中的牽掛終於消失，他終於能羽化飛仙，來對付眼前強大的妖怪。

他決定要讓自己成為藤原綾的式神，和藤原綾一起並肩作戰。

看到紅色的落雷，見多識廣的藤原綾不可能不知道即將要發生的是什麼。她哭著要李永然不准飛仙，但她只能看著李永然的身體逐漸透明，逐漸上升。在面對倜的強大威脅之下，藤原綾只能堅強的忍住淚水，放開陳佐維的屍體，唸動咒語，準備把登天後的李永然抓來當成自己的式神。

就在這個時候，一道黑色的落雷打在李永然的身上！打得連藤原綾也嚇了一大跳，因為她從來沒有聽說過什麼黑色的落雷。

黑色落雷轟炸過後，天色恢復正常，甚至連雨都停了。李永然依然傷痕累累的，沒有羽化飛仙；藤原綾咒語唸到一半就停了，眾女也目瞪口呆的看著這神奇的一幕；甚至連倜，還有趕過來要幫忙的虐也都呆掉了。

「……**小綾都叫你別飛了，你還要飛！你不怕被扁吼？阿伯？**」

因為在場的所有人，都看到隨著黑色落雷一起降臨地面的，不是別人……

是陳佐維！

NO.001

「怦咚！」

心臟的位置傳來了一個強而有力的響聲。

「怦咚！」

全身上下都痛得要死，痛到我眼淚直流，痛到我忍不住發出呻吟。

「怦咚！」

痛到——

宛如新生。

「噗啊！」

當眼睛睜開的時候，我躺在地上看著藤原綾哭著叫她阿爸不要亂來，而她阿爸正露出解脫的笑容要飛天，其他人都躺地上哭哭，還有一個長得很噁心的妖怪在那邊摩拳擦掌、虎視眈眈……

情況整個非常混亂，所以沒有人注意我清醒了。

然後當我發覺藤原綾她阿爸好像真的要飛天了，藤原綾也做好準備要收服神奇寶貝

了，我心裡面才在想說「靠盃！別鬧了啦！」的當下，我就早藤原綾她阿爸一步先飛到天上去。

接著，我帥氣的隨著一道黑色的閃電掉下來，同時還強制中斷了藤原綾她阿爸的飛天計畫。

「……小綾都叫你別飛了，你還要飛！你不怕被扁吼？阿伯？」

我按著藤原綾她阿爸的肩膀，站在他身邊無奈的說：「真的啦……你女兒扁人很痛，沒事別輕易嘗試。而且我覺得你們好像和好了耶？雖然不知道發生啥事了，不過好不容易和好也沒必要馬上分開嘛！你要飛天以後有的是機會，改天再飛不行嘛？」

藤原綾她阿爸目瞪口呆的看著我，然後低頭看到我的胸口。我也跟著一起低頭看下去，結果……

幹！不看還好，一看還真他媽的驚為天人啊！

我的胸口有一個大洞啊！就是那個被小女妖踩爆的傷口，竟然沒有隨著我的復活而癒合啊！這哪招啊！

當我意識到胸口有個洞的那一刻，一個奇癢無比的感覺突然從全身上下傳來。我感覺我的血液中似乎有什麼東西在流動，不管靜脈、動脈的流動方向，反正就是全部集中往胸口那個大洞而去。

然後，我突然感覺有什麼東西要從那個大洞跑出來，便立刻轉身朝著沒有人的地方。同一時間，那把應該被小女妖輾碎的軒轅劍，就這麼從我的胸口噴了出來，跟我一起復活！不只如此，軒轅劍噴出來的當下，還順便把我胸口的大洞填滿。

而且，我終於想起來了。

「蚩黎，你好。」我笑著伸手握住軒轅劍的劍柄，閉上眼睛去感受軒轅劍裡面蘊含的強大靈氣。同時，腦海裡也傳來蚩黎他那童稚的聲音。

「佐維，上吧！」

「嗯！」

眼睛再度睜開，我和蚩黎神劍終於達成真正的「人劍合一」的境界。在這一瞬間，我全身都爆炸出黑色的霸道靈氣，根本黑到發亮！

我看了看那個很噁心的、不人不妖不怪不龍的詭異生物，然後再看看另外一邊，變得很強壯、強大，體內妖氣跟我簡直系出同源的另外一隻詭異生物；接著環顧四周環境，我

看到血流成河的人間煉獄，東倒西歪、死傷慘重的魔法師們，還有那幾個我認識的、因為看到我死而復生所以在那邊目瞪口呆的魔法師們。

還有，藤原綾。

我笑了笑，在最短的時間內把現場的情報整理整理，便知道我現在要幹嘛了。

嗯，對，我現在就要把那兩個來鬧場的妖怪解決掉。

「我猜妳應該是傴。」我先轉向離我比較近、長得比較詭異的妖怪，說：「應該是啦……我只是亂猜的。猜錯應該也沒差啦！反正妳等等就會死掉了。」

「……你算什麼東西？」詭異生物瞪著我，說：「黑龍殿下賜給我的新力量無比強大，嘿嘿嘿……剛好拿你來試試！反正黑龍殿下說要帶回去的只是屍體，在這裡直接殺了你，她不會怪我的！」

說完，詭異生物大吼一聲，很快速的朝著我衝過來，同時雙手用手刀對我劈出兩道黑色的殘月劍氣。

但她的動作，在我眼中簡直慢得不可思議。

我氣定神閒、安安靜靜的看著詭異生物朝我衝過來的畫面。我可以清楚的看見她跑步時手臂和雙腳的擺動，我甚至可以看清她肌肉運動的樣子，就連她朝著我劈出來的劍氣，我也同樣覺得弱小到可悲的程度。

於是我呼出一口長氣，用「軒轅劍法．流星」把蚩黎神劍射了出去，先震潰兩道衝著我來的劍氣後，自己再往前走到詭異生物的面前。

沒錯，就是「走」過去。

我輕輕慢慢的移動腳步，走到她面前停住。詭異生物一看我突然走到她面前，似乎亂了套，於是手刀的劈擊有了誤差。我抓準這個小小的誤差，用劍指指揮蚩黎神劍飛過來，貫穿過詭異生物的腹部。

「嗚哇啊啊啊啊！」詭異生物抱著自己的肚子，一邊發出痛苦的哀號，一邊往後退，不可置信的說：「不可能！你怎麼可能會變得這麼厲害！不！」

「……大概是因為我是主角所以可以開外掛吧？」

我笑了笑，然後右手高舉，憑空「製造」出第二把蚩黎神劍，握住劍柄，走到詭異生物的面前，手起劍落，將詭異生物從頭頂正中央劈成兩半，讓她變成一道華麗的煙火，化為金色的碎片消失。

但在詭異生物消失的瞬間，我似乎看見了一個女人，在灰燼中對我露出一個解脫而且感謝的笑容。

我猜那應該是姬軒轅。

接著，我回頭看向另外一個擁有強大力量的妖怪，可我居然感覺到對方的力量與我體內的力量非常相似！

再仔細的看著那個妖怪，不知道怎麼了，竟讓我心裡產生一種異樣的情愫。

怎麼說呢……馬的，我竟然有一種「啊！女兒啊！想不到妳已經長這麼大了啊！」的感慨啊！

當然，這不是我女兒，這只是我體內那個靈魂的小小感傷。不過，臨陣抗敵竟對敵人產生這種感覺，實在讓人有夠混亂的啊！

「……猴子，我明明殺死你了。」那妖怪沒有急著攻向我，而是疑惑的問：「你應該已經死得很徹底了……為什麼？」

「嗯？」我抓抓頭，反問：「為……呃，為什麼什麼？」

「為什麼你會再站起來！」

妖怪問話的同時，她衝到我的面前，對著我就是一爪招呼過來，但我並沒有傻傻的站在原地讓她抓。而且就如我剛才所說的，雖然這妖怪比剛才那隻詭異生物強大，速度也比較快一點，但在我眼中看來，依然跟慢鏡頭播放沒什麼兩樣，所以雖然是攻其不備，不過我還是閃避得輕鬆自在。

然後我移動到妖怪的身後，笑著說：「為什麼喔？嗯……因為我的幸運女神她也在這裡啊！」

說到幸運女神，還在地上目瞪口呆、不知道要做什麼反應的藤原綾終於有了反應，可她只是回神過來，表情依舊痴呆，好像還在消化現場到底發生什麼事情一樣。

總之，我對藤原綾笑了一下後，繼續向那個妖怪說：「不用管我為什麼會再站起來，反正既然我站起來了，就表示該換妳躺下了。」

「放肆！」

妖怪大吼，再度朝著我衝撞過來。

她不像剛才那個詭異生物，還會施展沒啥屁用的劍氣來搞笑，而是直接將自己的妖氣纏繞在雙爪上，用這樣的方式來加強自己的戰鬥力。

然而，同樣的技巧，我當然也會。

「軒轅劍法·曜日！」

我把自己體內那黑色的靈氣全部送進蚩黎神劍之中，讓整把劍黑到不行，然後雙手握著劍柄，對著朝我衝撞過來的妖怪狠狠的劈了下去！

這一劍直接攔腰把那妖怪劈斷！

而這一劍的力量還不只如此，它甚至直接把妖怪的下半身都炸爛掉了！

「導演，你女兒不乖。」

我笑著喃喃自語，想要對我體內的另外一個靈魂，對安排這一切、把自己當成神的那傢伙說——

「所以我幫你教訓她！」

說完，「軒轅劍法·無限」炸裂！

當我把兩隻妖怪都消滅掉之後，就站起來轉身面對殘破不堪的現場，以及還活著的魔法師們。接著，我高舉右手，把隨著劍氣炸裂掉的蚩黎神劍再度召喚回來。

「打完啦！」我大聲的對眾人宣布：「大家可以回家啦！」

說完，我手中的蚩黎神劍馬上消失，而我也感覺自己的靈氣突然消散，最後眼前一黑，往後一躺，睡了一個舒服香甜的大覺。

而這次，就沒有再做什麼跑回九千四百多年前的詭異夢境了。

⊕⊕⊕　　⊕⊕⊕

我的名字叫做「陳佐維」，是個在東海大學唸書的大學生。詳細情況我猜大家已經非常清楚，所以我也懶得詳細說明。

（是說，都已經演到這個節骨眼上了，總不會有人是到這一刻才加入我的旅程的吧？假如真是如此，前面一到七集在全省各大書局都買得到，趕快去買喔！）

總之，在那場影響整個魔法師世界，害得大家元氣大傷的大戰結束之後，大會長為了要迎接接下來的最後決戰，放了整個魔法師世界一個長假。大概有一個禮拜的時間，讓大家可以休養生息，好好的放鬆一下，調整自己的狀態。

當然，這是在跟我討論之後才得出的答案。

當時我躺下去呼呼大睡不但很不給大家面子，還把大家嚇得半死，畢竟我好像是真的死了大約快一個小時左右，好不容易復活了，結果又死翹翹，大家以為我只是迴光反照。所以，雖然大家的傷勢都比我嚴重，但還是第一時間先把我送去治療，確定我只是睡著後，大夥才能安心下來的進行治療。

而我睡醒之後，大會長更是搶第一個過來關心我的狀況，以及關心黑龍的狀況。

或者該說，關心我到底有沒有打倒黑龍的本事。

我清醒之後，就可以很明顯的感覺到黑龍的存在。也因此，我很清楚在我自己去解開黑龍的封印之前，不管那個封印的力量已經變得多弱小，黑龍暫時都還沒辦法離開囚禁她的地方。

但我也不想拖太晚解決，所以向大會長說了一個「大約一個禮拜之後」的時間，好讓大家去做些自己想做的事情。

當然，這一個禮拜的時間，是我給自己準備的。

因為能夠明顯的感覺到黑龍的存在，所以我當然可以感覺到黑龍她究竟有多強大。

我沒跟大會長說得很清楚，但我對我自己到底能不能打倒黑龍，其實也沒有什麼太大的把握。

因為黑龍真的超級強大，甚至比我夢到的還要誇張。

所以，這一個禮拜，留給大家，也留給我自己，好好的向世界道別。

⊕⊕⊕　　⊕⊕⊕

我沒在英國停留很久，雖然說我人生第一次出國就搞得很驚心動魄，但現在也不適合吃喝玩樂。所以我睡醒之後，當天下午便把所有的手續都辦完，晚上就回到臺灣。

搭了一整天的車、飛機、火車，回到臺中的時候，我真的累到要翻掉。更慘的是，當初離開臺灣之前，我們結社在臺中的小窩已經被炸翻了！所以我還無家可歸！幸好藤原綾還是有辦法，所以我們一回到臺中，馬上就無縫接軌的入住五星級飯店，我們並沒有因此露宿街頭。

嗯，對，是「我們」。

也就是說，只有我和藤原綾一起回來。

這其實也沒什麼啦……主要是因為要向自己的家好好道別嘛！所以韓太妍、藤原瞳很理所當然的就回去自己的家啦！

公孫靜本來想說我家就是她家，要跟我回來，可是因為我也沒打算在臺中停留太久，而且最後決戰的地點很剛好就是在【天地之間】，所以她便和那些【天地之間】的耆老們一起回去了。

而慕容雪本來就沒跟我們住一塊，所以她也回家去了。

到最後，就只剩下我和藤原綾一起回家。

回到臺中的第一天，很快就過去了。睡了一天，隔天一早醒來，我換好衣服要去隔壁房間找藤原綾一起吃早餐的時候，我才突然發現好像不太對勁。

這種不太對勁不是因為又有什麼妖魔鬼怪出現，而是我心裡的不太對勁。

在我死掉之前，我對藤原綾好像只是有點好感，然後有點曖昧。事實上，我們的互動是很健康自然……欸不對，我整天老是被扁，根本也沒多健康。總之，我是要說我們的互動除了她成天嚷著我是她男朋友之外，根本沒啥特別。

但在我死掉的那一個小時裡，在蚩黎這個小混蛋的「幫助」之下，我莫名其妙的發現……

我好像真的很喜歡藤原綾耶……

這就是我覺得不太對勁的原因了。

這實在很靠盃啊！在我沒注意到的時候，在藤原綾已經很久沒戲分的時候，這藤原綾到底是什麼時候開始在我心裡面有這麼大的比重，我真的完全不清楚啊！

結果當我一注意到，就做什麼都不對了啊！

就好比現在我要去找藤原綾一起吃早餐，吃完早餐一起去學校，這麼稀鬆平常的事情，我都開始龜毛起來了啊！

我好想看到藤原綾，可是又有點怕看到她會尷尬啊……畢竟在我的夢裡面，我可是跟藤原綾什麼事情都發生了啊！尷尬死了啊！死蚩黎，你幹嘛幫得這麼徹底啊？這麼怕你主人交不到女朋友是不是啊？混蛋啊！

正當我還在這邊猶豫要不要去找藤原綾的時候，倒是有人跑來敲我的房門了。

「死陳佐維！睡醒了沒啦？」

嗚哇！說曹操、曹操就到啊！藤原綾居然自己跑來找我了啊！我要怎麼辦啊？要、要冷靜啊！

「喂！死陳佐維！還在睡喔？可惡……」

門外的人說完就沉默了下來，然後我聽到房間的室內電話響起，於是我趕快跑去開門。門一打開，我就看到藤原綾臉很臭的拿著手機在撥號。

她一看我開門，收起手機，嘟著嘴說：「醒了是不會趕快出來喔？還要我去敲你門叫你，很大牌了是不是？」

「呃……當然不是啦……」我抓抓頭，低著頭說道，同時心裡也不知道怎麼了，有一種鬆了口氣的感覺。就感覺藤原綾果然是藤原綾，沒有因為我突然發現自己好像喜歡她，而有任何的不一樣。

「……你幹嘛啊？」藤原綾皺眉質問：「感覺怪怪的耶，沒事吧？」

「沒、沒事啊！」

說著，藤原綾突然湊了過來，伸手來摸我的額頭。

「沒發燒，應該沒事吧？」

嗚哇！藤原綾突然溫柔起來，好、好可怕啊！可、可是又好可愛喔！嗚喔！

藤原綾把手收了回去，用一種詭異的表情看著我，說：「……欸，死陳佐維，你到底在幹嘛啊？」

「沒、沒事啦！」我搖搖頭，「真的啦……大、大概是剛復活一天，還不習慣啦～啊哈哈！」

藤原綾白了我一眼，說：「我猜也是。總之，你可別再死了，知道嗎？」

「嗯，知道啦！可以的話我也不想死啊！」

藤原綾噗哧一笑，這一笑實在美得讓我差點融化。

靠！我這樣好像白痴喔！幹嘛藤原綾的一顰一笑我都這麼在意啊！我這樣根本是大笨蛋吧？不行不行，我必須要趕快回到真實的自己啊！

看我又在那邊發呆，藤原綾再度皺眉，再三確認道：「……欸，你真的沒怎樣吧？還是要不要再回去給【組織】的醫生看看？」

「不用啦！」我拍拍自己的胸口，笑咪咪的說：「我猜大概是因為妳今天還沒扁我，我一下子不習慣而已啦噗啊！」

話才剛說完，藤原綾馬上一拳把我揍倒，然後笑容滿面的說：「哎呀哎呀～你皮在癢要早點說嘛！有關你睡著之後發生的很多事情，本小姐都還沒跟你算帳呢～」

「……咦？」我趴在地上，聽到藤原綾這樣講，問：「發、發生什麼事情了？」

「你自己心知肚明啦！趕快起來啦！早餐吃一吃，上課去了啦！」

「……喔。」

因為藤原綾實在太可愛了，吃飯的時候我又不由自主的一直看著她發呆，整個變成思春期笨蛋。這還不是最慘的，最慘的是這個狀態竟然還一直持續到我們吃完飯，去學校上課之後啊！

和藤原綾還在一起的時候沒有察覺，一分開我突然覺得度秒如年啊！我超想看到藤原綾的我的媽啊！為什麼啊？沒道理啊！那傢伙到底哪裡好了啊？嗚嗚！上帝救救我啊！

嗚嗚！馬的，上帝不就是我自己嗎？！

上課的時候挺無聊，下課的時候偉銘和宅月就湊到我身邊關心我這段時間到底上哪去了。不過因為我不能據實以報，所以只好掰個藤原綾家教森嚴，沒地方亂跑，整天待在她家吃喝的奇怪狀況。

說著說著，我看著偉銘的臉，心想我現在的狀況應該只有找他才有得解決。

沒為什麼，因為他根本就是人渣……不是，我是說很會把妹的把妹達人。

於是趁著某節下課要移動教室的時候，我把下一堂沒有課、準備要回家的偉銘拉到一邊，向他討教幾招。

結果才一開始，我就被唸了。

「幹！你也太扯了吧？」

偉銘聽完我的敘述還有問題後，說：「幹！你太扯了啦！跟你老婆交往同居那麼久，竟然沒有兩個人一起約過會？你說我能有幹以外的反應嗎？」

幹譙一頓之後，偉銘頓了下，才又說：「好啦好啦，我就教你幾招。唔……根據我對你老婆的了解，我可以說，你們最好的約會方式，就是她到時候想幹嘛，你都不准有意見啦！」

「原來這樣叫約會喔？」

「不信的話，你可以趁現在還沒犯錯之前，想像一下要是晚上約會的時候你意見太多

的下場，就知道我的意思是什麼了。」

我歪著頭思考了一下，點點頭同意：「……嗯，我知道了。」

「不過你還是有可以發揮的地方啦！記得聽你說過，你們出門都是司機接送對吧？然後又都去百貨公司嘛？既然你第一次主動約人家，那你們就走平民路線吧！你騎機車載她去夜市好了！然後她想幹嘛就幹嘛，回程再買一手啤酒或者幾罐冰火啥的，帶她去都會公園看個夜景，晚上再去開個房間享受不同的環境，你老婆保證會滿意啦！」

「嗯，好……我知道了。」我點點頭，很贊同的說著。

不過其實我也不是這麼贊同，畢竟第一次約會就要去開房間，我覺得我會在提出要求的當下就被藤原綾殺死，然後導致世界的滅亡。所以，為了地球的安全，我覺得我還是把行程規劃到公園那一段就夠了。

「加油啊～趁這次一次給她滿足到，你以後的日子會比較好過啊！」偉銘笑著在我肩膀上拍了兩下，還不忘記給我大拇指按讚加油打氣。

⊕⊕⊕　　⊕⊕⊕

告別偉銘，下午的課程上完，我就去找藤原綾了。我記得她今天上課的教室是在哪邊，所以很順利的找到教室。可是才一到教室，我就覺得有點不爽，因為我看到藤原綾和一個男生坐在一起有說有笑的。

嗚嗚！這種酸酸的滋味是什麼啊？可惡，我也好想要坐在那邊跟藤原綾有說有笑的喔！嗚嗚！

藤原綾一下子就注意到我在看她，然後她把桌子上的筆記本收一收，向那個男的揮手說再見，接著馬上跑到我身邊，親密的勾著我的手。

「嘿嘿～我就知道你會來找我！」藤原綾笑咪咪的說：「我是不是很厲害？知道在這邊等你咧～」

「……廢話，沒來找妳，我要怎麼讓式神開車送我回飯店啊！」

「……哼！你就不會說點好聽的喔！那都不要來找我啦！王八蛋！」

我趕緊陪上笑臉，好聲好氣的安撫下藤原綾，畢竟等等我還要鼓起勇氣開口約她出去逛街，現在吵架實在不好啊！

但是因為我始終都在「鼓起勇氣」，所以在回飯店的路上，我一直都不敢開口說話。直到回到飯店，在她跟我說了再見，要回去她房間的當下，我才真正鼓起勇氣。

「那個……小綾啊……呃，那個……」

「嗯？」藤原綾歪著頭，用一雙瞪死人不償命的水靈大眼盯著我瞧，問：「幹嘛啊！你今天整天都怪怪的，到底想說什麼啦！」

「我、我想約妳一起去逛夜市！」

我、我說出來了啊啊啊啊啊！阿爸、阿母！我說出來了啊啊啊啊！

「逛夜市？」藤原綾皺眉，說：「一定要去夜市嗎？不能去百貨公司嗎？」

「逛、逛夜市啦……我想約妳……就、就是……那個……那個……」

藤原綾白了我一眼，嘆口氣說：「好啦好啦我知道啦！真是……逛、逛就逛啊！哼，既然你難得約我，本小姐就給你約一次好了啦！哼！等我一下啦！逛個夜市不用特別打扮，你等一下就好了。」

「喔、喔！好！」

話雖如此，藤原綾似乎對於等一下的這個「一下」的定義範圍有點廣啊！從她說了要去隨便打扮一下開始，我也是等了半個小時，才等到一個……一個超精心打扮的藤原綾出現啊我的媽啊！她好可愛好可愛喔！穿起白色洋裝搭粉色小披風和粉色雪靴的粉色系組合怎麼會這麼可愛啊！嗚嗚！

看我看傻了眼，藤原綾臉也紅了起來。

這跟她平常會有的反應不太一樣，就我印象中，她應該會是那種「看什麼啦！本小姐這麼可愛你不知道嗎？」之類的，結果她現在這樣臉紅紅的害羞樣子，更是令人小鹿亂撞，整個背景畫面都被愛心填滿啊！

「本、本小姐這麼可愛也不是第一天了……走、走了啦！還、還要看多久啦奇怪耶你！」

「O、OK的啦！走吧！我們去逛夜市吧！」

雖然這約會的開頭好像很順利的進行，但當我們一下樓，她一看到我牽著我那臺機車的龍頭朝她走過來時，就開始碎碎唸了，說啥有車不坐幹嘛騎機車啊之類的，抱怨一大堆。但在我說想跟她製造一點不同的回憶之後，她才閉上嘴巴，乖乖的上車坐好。

「想去哪個夜市啊？」我問。

「都可以，看你。」

「那……一中街好不好？」

「不要，我想要去逢甲。」

……那妳還說看我，看個鬼啊！

這個對話出現之後，我在心裡面暗暗的肯定偉銘GOD——God Of Date，把妹之神——的稱號，這簡直就是未卜先知啊！

總之，決定好地點之後，我就騎著機車載藤原綾去了逢甲夜市。

我把機車停好之後，站在麥當勞那個十字路口，朝逢甲校門口看過去，看到那滿坑滿谷的人，藤原綾回頭對我說：「人好多喔～喂！你可得負起保護本小姐的工作，以免本小姐被人帶走唷！」

「我覺得妳會把帶走妳的人殺死，那個倒楣鬼應該比較可憐。」

「你再說一次？」

我搖搖頭，笑了笑，然後牽起她大小姐的手，說：「知道啦知道啦～我會好好牽著妳不放開，可以了吧？」

「這還差不多。」

藤原綾露出笑容，並且把剛才發出的殺氣統統收了回去。

講是這樣講，不過就結果來看，與其說是我牽著她，倒不如說是她拉著我到處跑。果然跟偉銘說的一樣，所謂的我們約會最好的方式，就是不要忤逆她的意見啊！因為她意見特多的啊！不管是要吃什麼喝什麼，她就會說「啊！那個好像不錯，我們去買！」，然後拖著我過去排隊，完全不管我想不想吃、要不要排。

但，雖然如此，我一點也不會覺得討厭。我反而還覺得能跟藤原綾一起排那些長得要死的隊伍很好，這牽著的手最好永遠別放開。

因為藤原綾真的好可愛！抱怨排隊人龍的她好可愛，吃到好吃食物的她好可愛，怎樣的她都好可愛啊啊啊！

「欸欸，這個熊好可愛，你夾給我。」

藤原綾把我拉到夾娃娃機店裡，看到其中一臺放有很夯的推推熊玩偶的機臺，眼睛都亮了。她回頭看著我，指著機器要我出手夾給她。

「唉唷，這種機器都會把爪子調很鬆，騙錢的啦！」

因為逛太順了，我竟然不小心就犯了大忌，脫口說出了自己的心聲啊！

就看到藤原綾馬上皺眉嘟嘴，但她卻沒有扁我，而是雙手拉著我的手，甩來甩去的說：「不管啦～人家喜歡那個熊，你夾給人家啦！」

這根本作弊，這是作弊啊！藤原綾妳用這樣可愛的聲音和表情還有動作來求我，這是作弊啊！

於是，在這一刻，我就下定決心，一定要把藤原綾想要的推推熊夾起來送她。集中信念，掏出零錢投幣，敏捷而迅速的移動爪子，充滿自信的按下按鈕……

結果當然是失敗了啊！要是你集中信念就可以成功夾到一個娃娃，那夾娃娃店早就倒光了啦！

藤原綾這人非常不服輸，在我一連夾了兩、三次都失敗之後，就跑去換了三百塊的零錢，全部交給我、就是要我夾成功。

我若是老闆，最歡迎的就是像藤原綾這種客人了。

我接收了藤原綾的零錢，感受到她超想要推推熊玩偶的心情，以及在希望我可以成功夾給她的期盼視線下，毫不猶豫的一連出手十幾次，最後在金額投到指定的數字後，成功的夾到一隻推推熊。

「給妳！」

雖然一連夾了十幾次都失敗，但最後這個送熊的動作絕對要帥啊！我把推推熊從洞口拿出來，瀟灑的塞到藤原綾的手中，說：「哼哼……可愛吼？」

「……其實我比較喜歡另外一個顏色。」

「靠！妳不早說！」

「開玩笑的啦！」

藤原綾突然抱住我的手，很親密很親密的黏到我身邊，說：「只要是你送我的，我都喜歡！重點是心意嘛～嘻嘻～」

藤原綾又作弊了，嗚嗚！我沒有死掉還活著真是太好了，藤原綾真的好可愛好可愛，可愛到現在藤原綾這樣對待我，會讓我覺得自己好像要跟她老爸一樣升天了啊！

「喂～我口渴，我們去買喝的……喂～陳佐維！發什麼呆啊？」

「啊？」

藤原綾的話讓我回到地球表面來，她又拉著我的手，笑著說：「幹嘛發呆啦～人家口渴了，也累了。我們去買個喝的，然後回家休息吧！」

「呃……好、好啊！」

我們兩人買了一杯紅茶冰——本來要一人一杯，但是因為她說她只要喝一口就好，所以才只買一杯——然後再度手牽著手，往停放機車的地方走去。

「喏～給你喝。」藤原綾把那杯紅茶冰戳到我嘴邊，說：「快啦！剩一點點，把它喝完。」

「嗯。」我咬住吸管，將剩下的紅茶喝光光，然後接過空杯子。看著那根吸管，我突然臉紅了起來，感覺一陣尷尬。

「幹嘛啊？臉怎麼紅成這樣？」藤原綾整個人抱著我的手臂，用一臉很像抓到我的小把柄似的表情說：「又不是第一次餵你吃東西了，現在才知道要害羞，不嫌太晚嗎？」

我把那個被我還有藤原綾都咬過的吸管舉到她面前，說：「呃嗯……我只是想說，我好像不小心吃到妳的口水了，這就叫，間接接吻嗎？我會因此懷孕嗎？」

「你……接你個大頭鬼啦！白目！哼！想太多了啦！」藤原綾趕緊跟我分開，把臉別過去，很生氣的說著。

「哈哈，我開玩笑的啦……喏，機車到了，妳等我一下，我牽一下機車。」

其實我不完全是開玩笑的，剛才是真的有在想間接接吻這件事情。整個情況我覺得唯一莫名其妙的就是，我竟然會把這件事情講出來，而且藤原綾還沒扁我！

機車牽出來，藤原綾也上車之後，我又跟她確認一次，是不是真的要回去了。她想了想，還是用那套固定的答案回答我，也就是：「隨便，看你。」

我想了想，決定照偉銘的說法，去看夜景。

而根據把妹之神的教誨，看夜景還要準備啤酒或者冰火，我覺得啤酒會苦，所以買了一手的冰火帶著。

（當然，這是因為我和藤原綾都已經成年，看這本書的小朋友如果還未成年的話，逛完夜市就應該要回家了，請不要帶著酒去看夜景，謝謝。）

根據偉銘的建議，我選擇到都會公園，可是其實晚上的都會公園並不怎麼安全。據說我學長曾經跟女朋友想要上來看夜景，結果變成看人飆車，最後還因為要假裝是他們的一分子以免出事，只好混在飆車車隊裡面一路飆到彰化才有機會脫身。

幸好這次我們來的時候沒碰上，不然真的飆到彰化去，我怕我會忍不住用軒轅劍法把飆車族消滅掉，當作替天行道。

我們找了張椅子坐下，打開冰涼的含酒精飲料一邊喝，一邊看夜景一邊閒聊。

「吶～很久沒這麼開心了說！」藤原綾把頭靠在我肩膀上，說：「在我小的時候啊～媽媽也會帶我去逛夜市喔！可是啊……自從她當上會長之後，因為很忙的關係，就沒帶人家去過了。」

藤原綾這個把頭靠在我肩膀上的舉動，不是第一次這樣做。我曾經以為我已經習慣了她對我偶爾的親密，但是自從我發現藤原綾好可愛、我好喜歡她了之後，我突然開始不習慣了。

幸好有聽偉銘的話，買了含酒精成分的汽水，可以讓我維持理性又壯膽，要不然我可能會緊張到連話都說不出來。而這讓我又對把妹之神偉銘的崇拜，提高到前所未有的境界去了。

「如、如果以後妳還想要去，我都會陪妳去啦！」

藉著酒精的微醺，我這句話說得意外的順，甚至搞不好可以說是這整個晚上最順的一句話了。

「那當然。」

藤原綾又坐過來一點，讓身體靠得離我更近一些，幾乎是零距離的黏在一起了。她身上的淡淡香水味，順著夏夜的晚風飄進我的鼻子，聞起來甜甜的，害我腦子也開始混亂起來了。

這時候我們倆陷入了一片沉默。那不是尷尬，也不是沒有話題，就是沒有人要開口，就是兩個人都很安靜，專注的看著彼此。在酒精的作用下，藤原綾的臉頰有點兒紅，眼神也有點迷離迷離的，呼吸也似乎有點急促。

「……會贏的，對吧？」

「嗯？」

藤原綾閉上眼睛，窩在我的懷裡，問我：「你說以後你都會陪我逛夜市，所以你會打贏黑龍的，對吧？」

我愣了一下。

然後我點點頭。就跟夾娃娃的時候一樣，我點點頭，對懷裡的藤原綾說：「嗯，我會

打贏黑龍。」

藤原綾點點頭。

「然後，你還要一直都在我身邊陪著我，永遠永遠。這是社長命令。」

NO.002

由於最後決戰的地點是在【天地之間】，所以在臺灣休息了兩天，確實的與自己的家人、朋友都說過話之後，我和藤原綾還有慕容雪，三人一起在【組織】的安排下，回到很久沒回去的【天地之間】。

這是我魔法師旅程的起點，我們結社審核的測驗內容，也就是我們結社的第一個任務。是我成為神劍繼承者的地方，也是我們這個故事的終點。

決戰地點在【天地之間】的事情大家都知道了，這是我要求大會長透露出去的。畢竟總不好意思都到了最後關頭，大家還找不到地方打怪吧？不過大家知道歸知道，當我們三人通過通道——就是第一集《魔法師與封印的神劍》裡使用過的通道——踏進【天地之間】的時候，我才發現，原來已經有很多魔法師來到這裡做備戰準備了。

當然，這也包含了大會長、貝兒等等許多應該會參戰的大魔法師們。

【天地之間】是個與世隔絕的世外桃源，很難得聚集了這麼多的外地旅客，於是村裡的人們在這幾天晚上都舉辦了盛大的晚宴。豪華的程度，還遠超過「盛大」所可以形容的，幾乎是把所有的山珍海味統統拿出來宴請客人。

除了這裡的村人真的是綠巨人——無敵好客——的原因之外，我猜，跟世界末日即將到來也有關係。

由於我算是主角，所以雖然距離我所說過的一個禮拜的期限還有幾天，但大會長還是決定在今天晚上先召開會議，想聽聽我到底有什麼計謀好對付黑龍。

我和藤原綾、慕容雪、公孫靜一起來到【組織】在這裡暫借的臨時辦公室，櫃檯人員說大會長正在等我們的到來，於是我們也沒多說廢話，直接進去找大會長。

然而，雖然說決戰黑龍是攸關世界存亡的大事，但參與這次會議的人，其實並不多。扣掉我們四人以外，會議室裡面只有大會長、美惠子阿姨和貝兒而已。

一看到我，大會長笑著向我打招呼說：「佐維，你終於來了。」

「是啊……說好了要在這裡跟幾位開會的嘛！不過我原本以為會有很多重要幹部前來，結果人這麼少，還真是嚇了我一跳。」

「人少比較好辦事。人多口雜，反而會妨礙會議的進行。」大會長笑著說：「好啦！有關這隻黑龍，在場也就只有你最清楚了，所以你就說吧！把你打算要怎麼對付黑龍的計畫說給我們聽，我們再來幫忙補充不足的地方，好不好？」

我抓抓頭，點點頭，然後站了起來，說：「好吧……我的計畫是這樣啦……有個傢伙跟我說，當年他埋下的種子，為了要決戰黑龍所做的準備，就是全世界各地最菁英的魔法師們。我相信上次決戰的對象中，還有很多真正的高手尚未出場……我可以感覺得到。總之，我希望大會長可以幫我把這些不願意出面的世外高人統統找來，因為他們是決戰黑龍不可或缺的力量。」

大會長聳聳肩，說：「不過，這些傢伙可能連你都打不贏，你覺得他們能幫忙打倒黑龍？我是說，如果黑龍真如你所說的這麼恐怖，這些人的力量應該也於事無補吧？」

我笑了笑，說：「其實也是有幫助啦！不過，我不是要他們幫我圍毆黑龍，那才會造成太多不必要的犧牲。我的想法是……」

其實那傢伙埋下了這些種子，經過這麼久的茁壯，如果說在最後決戰派不上用場，我想絕對不可能。但我之所以不打算要那些人幫我圍毆黑龍，主要還是因為那傢伙說過的一句話。

他希望我可以救救他妹妹。

所以我想要試試看。

我用拳頭輕輕的搥了搥自己的胸口，說：「到時候，我會自己先進去封印黑龍的空間

裡，決戰那條黑龍。你們只要等在外面。最後走出來的人，就算不是我，也肯定會是奄奄一息的黑龍……那時候，你們再把黑龍消滅掉，我想應該就可以把傷亡滅到最低了。」

聽到我的說法，在場的眾人臉色無一不變。但是大會長在聽完我的話之後，他並沒有馬上反駁，而是在思考過後才問我：「佐維，世界毀滅和傷亡慘重，我寧願選擇傷亡慘重。你懂我的意思嗎？」

我點點頭，說：「我懂……不過就像大會長在會議開始前所說的一樣，我也是這樣想，人多口雜又不好指揮。黑龍那傢伙也擁有跟我的無限一樣的地圖炮，到時候她隨便丟一枚巨大魔法，那些陪我闖進去的魔法師們，就真的只能當炮灰了。而且，我覺得我的辦法是非常可行的……」

「第一，我可以不用顧忌大家，可以放手一搏。第二，本來預言就是說只有我能打倒黑龍。第三，就算我真的打不倒黑龍，還有你們當第二重保險。」

「我敢保證，經過我這關，黑龍的 HP 肯定會是紅血閃燈狀態，大家只要一起上，應該能獲勝。最後，就是最慘的情況，那也不過是我早各位幾分鐘先赴黃泉，世界照樣滅亡，沒什麼大不了的。這樣，大會長能理解我的想法嗎？」

大會長臉色凝重的看著我。

最後，他點了點頭，表示這次的作戰就按照我所說的去做就好。

⊕⊕⊕　　⊕⊕⊕

結束會議之後，距離晚上慶典開始還有一段準備的時間，我和公孫靜兩人就被小孩子拉到附近去玩水、抓魚。

上一次來這裡，已經是半年前的事情了。想想當時的情況，對照此刻的心境，再看看周遭眾人的關係變化……藤原綾、公孫靜、韓太妍等等，還有很多很多我沒有一一說出來的人。

是啊！這些就是我現在所愛的人，我所愛的一切。

「老公，你在想什麼？」

看我一個人坐在湖邊的椅子上發呆，原本和藤原綾一起在那邊陪小孩子玩水的公孫靜，走過來關心我。

我對公孫靜笑了笑，搖搖頭說：「……沒事。」

公孫靜也笑了一下，然後坐到我身邊。

「在我要離開【天地之間】前，奶奶跟我也曾經在這裡有過一次談話。那時候啊……人家覺得你實在是個很無賴又可惡的臭男人。只要一想到你竟然是我們一族等候千年的繼承者、我的丈夫，我就覺得很生氣。」

「……那還真是抱歉啊……」

「嘻……其實那時候我還真的很討厭所謂老祖宗的安排。要不是因為奶奶在那時候，在這裡用『命令』的方式叫我來找你，我們搞不好不會見面。」

公孫靜笑著，那笑容真的很漂亮，尤其是因為她不常笑，所以物以稀為貴的情況下，更顯難得。

她接著說：「不過呢……幸好我有走這一趟，能認識老公你……真是太好了。」

「……嗯。」我點點頭，往椅背上一躺，仰頭看著黃橙色的天空，說：「我也是這麼想啊！如果我沒有碰上小綾，沒有學魔法，我就不會碰上這些事情。搞不好我只會是個普通的大學生。結果一路走到這邊來，嗯……命運真的很神奇。」

說完，我站了起來，對公孫靜說：「走吧！我們回去吃飯。今天晚上吃飽一點，明天等我好消息吧！」

「嗯！」

這天晚上的宴會比之前幾次都還要盛大，至於原因，當然是因為我來了。整個【天地之間】守護了四千七百多年的秘密，就是為了要等我一個繼承者出來。如今我不但成為了合格的繼承者，還在全世界的面前大出鋒頭，讓全天下都知道我這個【天地之間】的「女婿」是個超級無敵強大的高手高手高高手。於是今天晚上的宴會，舉辦得特別特別的盛大。

全村總動員那是一定要的，更難得的是連很多人家中珍藏的老酒都拿了出來狂歡作樂。這天晚上全村笑鬧喧騰，玩得不亦樂乎。

對比整個村子的歡天喜地，我猜唯一一個不爽的人，大概就是我家社長藤原綾了。

因為紙包不住火了，她一直到這個時候才知道原來公孫靜和我之間，還有一個「祖宗遺訓」指名要求的「夫妻」關係。

這讓她不爽到極點，覺得自己好像被騙了很久，整個晚上都悶悶不樂。

而且藤原綾更不爽的似乎還有另一件事情，就是因為這裡是【天地之間】的地盤，所以今天晚上我的身分就只能是「公孫靜她老公」，而不是「藤原綾她男朋友」。這讓無時無刻、無所不在到處亂說我是她男朋友的藤原綾，感覺不爽到散發出來的殺氣比黑龍還要強烈。

可是，有人不高興，這邊就有人高興了。最高興的當然是終於可以光明正大的勾著我的手老公長老公短，到處帶我去給親戚認識的公孫靜了。

宴會結束之後，大家就回去自己的住處休息了。

即使現在【天地之間】面臨人滿為患的危機，到處都有帳棚，不過因為我是繼承者大人，所以要找個地方睡覺還是不成問題。因此，這天晚上我們被安排到山上那間公孫宅去休息。

而在我們要就寢的時候，突然來了一場大地震。

這並不是普通的地震。我可以感覺得出來，這場地震混雜著強大的妖氣，而震央就是封印黑龍的地點。

我立刻拿著蚩黎神劍跑了出來。結果就在這個瞬間，兩股強大的妖氣從天而降。

我皺眉看著那兩股妖氣的來源，因為這兩股妖氣令我感到非常的熟悉。果然，妖氣的來源就是當初被我在英國消滅掉的兩隻妖怪——傴和虐。

然而，她們現在散發出來的妖氣雖然讓我覺得熟悉，可又與以往不太一樣。她們現在的狀態很像是死掉的屍體，但卻充滿強大且詭異的妖氣。

兩隻妖怪並沒有理會我，而是朝著山下的方向飛去。我一看這可不得了，立刻跟著跑下山去。結果不但不只是那兩隻妖怪，一大群不知道從哪裡跑來的妖怪，從四面八方朝著村子的方向趕來！姑且不管他們是強是弱，光憑這些數量，他們每隻妖怪各吐一口口水，也能把這個村子淹掉啊！

村民雖然已經睡了，但聽到有騷動，還是很警覺的立刻拿著武器出來抗敵，暫居此處的魔法師更是立刻進行反擊。從山上往下看，就可以看見一堆魔法特效在底下的村子到處轟炸。

我趕到村落的時候，妖怪已經殺進村內，到處搞破壞。我立刻揮出「軒轅劍法・無

限」的劍氣消滅掉好幾波的妖怪，但妖怪的數量實在太多，還有那兩隻喪屍化的詭異妖怪倔和虐在其中興風作浪。我一個人雙拳難敵四手，眼看整個村落就要陷落的時候，另外一股更強大的妖氣從更外圍的四面八方傳來！

「靠盃！不是吧？」

我才在想說糟糕，想不到今天晚上這裡就要失守了的時候，那股更強大的妖氣已然衝了進來。但看到這群妖怪出現的當下，我不但沒有感到絕望，反而是看到了全新的希望。

那傢伙曾經說過，他把種子分到地球的四處去，就是為了要等到決戰黑龍的時候可以派上用場。

而現在，出現在這邊的妖怪，就是那傢伙說過的「種子」啊！

突然出現在這邊幫助人類的妖怪不是別人，正是由狐仙娘娘還有督瑪酋長這兩隻上古大妖怪率領的各種妖怪聯隊！

他們殺進村子裡面，對著不認識的妖怪見面就殺！

我看見BL戰神他雙手各拿一柄巨斧，衝進妖怪堆中，像是無雙氣條全滿用不完一樣的，旋轉成一個小型龍捲風，消滅掉一堆又一堆的妖怪。

我看見利庫勞悟的酋長，帶著一批速度飛快的利庫勞悟勇士，用他們的神速穿梭在妖怪群中，用他們的尖牙利爪把邪惡的妖怪撕成碎片。

我看見狐仙娘娘帶著狼人族、狐仙族，甚至還請來一隻十二尾妖狐，他們用團結的團隊攻勢，狐仙族先吸取妖怪精氣，趁敵人奄奄一息的時候，狼人族再給予致命攻擊，殺死一群又一群的妖怪。

「佐維勇士！」

混戰之中，我聽見熟悉的聲音傳來，回頭一看，就看到督瑪公主一邊向我揮手，一邊朝我跑來。我也笑著對她揮手，但就在這個時候，傴和虐突然出現在她的身邊，對她展開激烈的攻擊。

「靠！」我大吼著，立刻對著傴和虐揮出劍氣。

但劍氣的速度還不夠快，眼看兩隻妖怪就要把督瑪公主打倒的當下，一道巨大的野獸吼叫聲突然從天空傳來。一隻巨大的臺灣黑熊從天而降，一手按著一隻妖怪的頭，凶狠的把她們壓進地面，解除了督瑪公主的危機。

……不對啊！這督瑪公主根本沒有危機意識啊！她根本就不覺得那兩個妖怪會傷害到

自己，她始終面帶笑容的朝我衝過來，然後直接撲到我身上緊緊的抱住我啊！

「嗚嗚！你說了要到【祖靈之界】迎娶我的，怎麼這麼久了都沒來提親！佐維勇士，我好想你，你有沒有想我？」

「欸欸……提、提親？我有說過嗎？」

「你……」

聽到我這樣講，督瑪公主的水汪汪大眼馬上就淚光閃閃，眼看她又要把那套我已經把她吃乾抹淨還不想負責的抹黑說法大吼出來，我立刻笑著說：「等、等我解決黑龍再說嘛！世、世界危機還沒解決，兒女私情先放一邊嘛！啊哈哈哈……」

「喔，所以你是打算要在消滅黑龍之後，去娶這個未成年的少女嗎？佐維哥？」

就在我安慰督瑪公主的時候，一道破爛的國語聲音從旁邊傳來。我轉頭一看，沒想到韓太妍竟然已經站在旁邊，笑容滿面的對我說：「人家在前幾天大決鬥場上的時候呀，被你公然搶親，現在全天下的人都覺得我是你的未婚妻啦～怎麼我這個未婚妻不知道你是個戀童癖呢？」

「咦？未、未婚妻？」

聽到韓太妍這樣講，我嚇得立刻彈起來。

結果督瑪公主被我彈開後，馬上跑去韓太妍的面前，抬頭挺胸對韓太妍說：「什麼未婚妻啦？佐維勇士是我的！我的駙馬！我先來的！」

「小妹妹呀～這種事情怎麼會有先來後到的順序呢？呵呵～重點還是要看佐維哥喜不喜歡呀～你說是不是呀？佐維哥～」

我站在同樣不知道該怎麼才好的督瑪酋長旁邊，看著這兩個女孩一搭一唱的鬥嘴，兩人面面相覷之後，才趕緊轉移話題說：「怎、怎樣都好啦！現在不是吵這個的時候吧？村裡的危機還沒解除啊！」

「早就解決啦～」韓太妍笑著對我說：「佐維哥，你沒看到那邊嗎？大會長正在努力的跟那些來幫忙的妖怪們合作，把最後一批妖怪趕跑呢！」

聽到韓太妍這樣講，我才發現原來在不知不覺中，那些妖怪已經和人類聯合起來，共同合作把黑龍帶來的妖怪打跑了。

不只如此，好客的村民對於這些深夜趕來幫忙的妖怪，也熱情的招待。我可以看見狐仙娘娘帶著狼人和幾個老道士窩在角落拚酒，也可以看見督瑪勇士、利庫勞悟勇士和少林

寺的武僧在比腕力。

他們和樂融融，完全不像應該是「死敵」的對手，反而像是認識很久的「夥伴」。

督瑪酋長拍拍我的肩膀，對我笑著說：「佐維，繼承者大人，這是地球上最後一場戰役了。咱們身為地球的一分子，沒道理把咱們排除在外吧？」

我轉頭看著督瑪酋長的臉，點點頭，同時伸出手與督瑪酋長握手，笑著說：「嗯，我懂。因為大家都是地球人，咱們一起把那個從外太空來的王八蛋趕回去。」

說到這裡，督瑪公主又跑了過來，從我身後環抱著我，把臉埋在我背上蹭來蹭去，喜孜孜的說：「對呀～佐維勇士也說了大家都是一夥的，那就表示跟人家的婚約不會因為你是人類我是妖怪而失效了對吧？打倒黑龍之後，別忘紀要來提親唷！」

「……酋長，救命啊！」

⊕⊕⊕　⊕⊕⊕

經過這一夜的小插曲，隔天一早，我決定要提早進入黑龍封印的所在去解決這一切，以免夜長夢多。

聽完我的訴願，大會長欣然同意了我的要求，畢竟早一天打、晚一天打，多一個人、少一個人的幫忙，在黑龍這種威力接近無限強大的敵人眼中，應該沒有什麼差別。反而是有了昨天晚上的經驗後，搞不好黑龍今天還會再派小嘍囉來，後天又再來，這樣打消耗戰，只是讓【天地之間】原本的居民感到頭痛而已。

於是大會長在狐仙娘娘和督瑪酋長的幫忙之下，把魔法師、各種妖怪都集中到山上那個曾經封印著神劍的山洞前面。

因為這裡，就是黑龍被囚禁的地方。

「佐維，你有沒有什麼話想對大家說的？」

在我走進山洞裡的時候，大會長突然問我這個問題。其實，他的意思應該是叫我向大家說點什麼，來增加大家的信心。

雖然我自己都沒啥信心能擊敗黑龍，但大家都很挺我，不說點什麼也不好意思。於是我點點頭，站到眾人、眾妖面前，運起軒轅心法加強自己的聲音，對大夥說——

「這個地球最深層的恐懼已經讓地球害怕了四千七百多年。四千七百多年來，大家所

等待的，就是為了這一刻。今天，我們就要把末日的危機終結。今天，我們就會贏來最後的勝利。今天，我們每個人都可以開開心心的回家睡覺，然後迎接下個明天，迎接美好未來的到來。」

我舉起右手，握拳朝天，說——

「因為我會打倒黑龍！」

說完，我便走進山洞中。

這個山洞還是跟半年前一樣，黑黑暗暗的。想到半年前我和藤原綾還像作賊一樣的跑進來，還在這裡與公孫靜打過一架，我就不免笑了出來。

我才剛走進山洞，身後的美惠子阿姨就快速的把山洞口封印起來。這是我要求的，以免有閒雜人等不甘寂寞的闖進來想要即時轉播，造成我的困擾。

我先回頭向封印外面的人揮了揮手之後，才轉身繼續往山洞深處裡面走。

沒一下子，我來到了當初封印蚩黎神劍的地方，也就是山洞最深處，一座洞中的小水池。

「也太久了吧！」

藤原綾雙手交叉在胸前，靠在一邊的洞壁上，頗不耐煩的說：「也不想想，本小姐在這邊等很久了耶！在外面拖拖拉拉的幹嘛啦！」

「對啊！你是怕了是不是？」

不只是藤原綾，在山洞的另外一邊，慕容雪用同樣的姿勢，靠在洞壁上，一樣不耐煩的說：「我都以為你逃走了，想要自己進去打黑龍了說！」

我吃驚的看著她們，而且不只是藤原綾和慕容雪，旁邊還有公孫靜、韓太妍、督瑪公主。甚至是我以為還待在日本的藤原瞳，都穿著巫女服站在那裡等我。

「……妳們……怎麼會在這裡？」我皺著眉頭說：「不是說了在外面等我就好？妳們都進來了這樣……」

「這樣怎樣？以前都是本小姐在罩你的，現在翅膀長硬了就想甩掉我啊？門都沒有！」藤原綾嘟著嘴說著。

「侍劍要跟老公一起對抗黑龍……這是侍劍的職責。」公孫靜面帶淺淺微笑表示。

「我當然要跟在駙馬身邊，親眼見證佐維勇士拯救世界啊！」督瑪公主笑嘻嘻的手舞

足蹈說：「而且這樣我才能在你打倒黑龍之後，馬上把你抓回【祖靈之界】去結婚啊！」

韓太妍也在一邊搭腔：「佐維哥，人家想說的你都已經知道了，太害羞了不好意思在大家面前說出來，反正你想把人家丟在外面，那樣不行的唷！」

「我們可是穿同一條褲子長大的，現在你要拯救世界，本姑娘怎麼可能不在旁邊當個見證人咧？」慕容雪一邊說還一邊拿出手機，說：「到時候我們在一起用死掉的黑龍當背景，拍一張合照吧！」

「……我……」看著大家都把想說的話說出口，藤原瞳在說話前若有所思的看了看藤原綾，然後像是下定什麼決心一樣的，走到我面前，對我說：「我曾經說過……就算要與全世界為敵，我也會站在你身邊。現在全世界都站在你身邊了……我更不會缺席。」

六個女孩分別用六種不同的語氣和內容表達了相同的立場，總之簡單一句話就是——最後大決戰你還想自己耍帥，吃屎去吧！

這樣的場面讓我莫名其妙的感動起來。

「……反正美惠子阿姨已經把山洞口封印住了，大家也出不去。」我抓抓頭，「既然都來了，那我們就一起把黑龍趕出地球吧！」

說完，我看著水池中間的小島，說：「好啦，走吧！我們去挑戰黑龍！」

「嗯……」藤原綾點點頭，然後看了看那小島，說：「對了，這邊我最早來，因為太無聊，所以我已經到處看過了。這裡基本上跟我們上次來的時候沒啥改變，你怎麼知道黑龍在這裡？就算是，那她在哪裡？」

我笑了笑，說：「總之，跟我來就知道了。」

「嗯。」

說完，我腳底運力，往池水的方向衝去，接著我用力的一躍，然後再耍了一個蜻蜓點水的高級輕功，一下子就輕鬆的來到島上。

等大家都輕鬆的來到島上的時候，我才笑著向大家解釋：「小綾，當初我們是在這裡把神劍拔出來的。那時候大家都說這裡封印了一隻超級大妖怪，叫我們不要拔，對吧？小靜，妳也應該還記得吧？」

藤原綾一臉不屑的回應：「還超級大妖怪咧……現在想想，我們後來碰到的任何一個對手都比那個還強悍吧！」

公孫靜沒有說話，但也點頭認同藤原綾的說法。

「也沒錯啦……不過那傢伙基本上我也不知道是誰，我只知道，黑龍的確是被封印在這底下，而要開啟這封印的方法……或者該說，其實這也不是啥封印，這只是一個機關。黑龍只是被機關困在這裡而已。」

我把蚩黎神劍插回當初插著的那個小孔，然後對眾人說：「而要解開這個機關，就需要這把『鑰匙』！」

說完，我用力的轉動蚩黎神劍的劍柄，就聽見「喀嚓」一聲，整個山洞突然產生了激烈的震動。

我立刻將蚩黎神劍化入體內，接著要大家把手牽在一起，大喊：「抓緊了！」

最後，我們所站的立足點突然下陷，水池的水馬上成了一個大漩渦，就好像馬桶在沖水一樣，不斷的旋轉，把所有的水，連同小島和小島上的我們，一起捲進中心。

……然後沖到這座山的「裡面」。

NO.003

就跟四千七百年前一樣

被馬桶水沖進山裡面之後，我們不斷的往下墜落。雖然我知道，根據物理規則，從再高的山摔下來也肯定不會花多少時間。但時間是一種相對概念，當你是那個正在往下掉的人，這時間會走得比什麼都慢。

最後，你還是會重重的摔落地面！

「喝啊啊啊啊——！」

在即將被地面轟炸的瞬間，我立刻張開了方圓劍圍，用劍氣承載了我們所有人的重量，完全將下降的墜勢緩衝後，才輕輕的摔在地上。

從這麼高的地方摔下來結果卻一點事情都沒有，真的只能說是我有勇有謀，有此戰果，並不意外啦～

山裡面並不像我所想像的，甚至不像剛才那山洞一樣黑暗，相反的，這裡非常的明亮。不但明亮，這裡還有許多天然植物，雖然大部分都是一些爬藤類、蕨類或者藻類，但整體給人的感覺，還是非常的綠意盎然。

不過，這裡還是看得出來是一條人工挖掘、建造出來的地底通道。

大家一個一個的爬起來，關心一下有沒有受傷之後，我就準備要往深處走去。

但這個時候，公孫靜卻發出疑問：「老公，這裡是哪裡？」

連公孫靜都不知道了，其他人肯定也不知道山裡還有這些東西，因為連我打開機關前我自己都不是很清楚這裡是長成這樣的。

而在眾人環顧四周之後，藤原綾發現了一件令她非常驚訝的東西，那東西並不是因為她沒看過，甚至相反，她不但看過，而且還很熟悉。

於是藤原綾跑到通道邊，摸著牆上的雕紋，驚訝的對我說：「……為什麼這裡……會有『陰陽五行陣』？」

隨著藤原綾發現了陰陽五行陣，其他女孩也紛紛在牆上的雕紋發現了各種不同的魔法，不但有陰陽道、道家、道教的陰陽五行八卦、河圖洛書、龜甲陣文，還有十字教派的十字魔法陣、賢人位階圖。

甚至是其他我認得出來或者認不出來的各種魔法陣型、圖騰、咒文、文字，都被雕刻在這個封閉了四千七百年的地道裡，引發眾人驚呼連連，就連那個我記得她根本不會魔法的督瑪公主，也很應景的尖叫起來。

但，對比眾女孩的驚訝，我卻沒有那種感覺。

「那個，前幾天我死過，我想大家應該很清楚。」

「什麼？佐維勇士你死過？你怎麼沒到【祖靈之界】找我？」督瑪公主大聲的說著。

這句根本在狀況外的發言我直接選擇性忽略了。我笑了笑，率領眾人往通道深處走去，邊走邊解釋：「當時雖然我死的時間不長，但我卻經由蚩黎神劍的牽引，去了很多地方。也因此，我看到了很多被埋葬的歷史。」

「……所以呢？」藤原綾問。

「嗯……所以，我只能跟妳們說，與其妳們要質疑為什麼這些會出現在這裡，倒不如反過來講，正是因為這些東西傳了出去，我們才有所謂的魔法。」

我摸著牆上的雕紋，說：「這些，就是魔法的起源，最原始的魔法……而這些東西說穿了，其實只不過是另外一顆星球的文字罷了。」

「……你到底在說什麼啊？」藤原綾皺著眉頭，一副很難相信我的樣子問著。

我笑了笑，聳聳肩說：「我知道這不太好接受，畢竟當初我聽到的時候也覺得很玄。總之……妳只需要知道，這些就是魔法的起源，這樣就夠了。」

說著說著，我們也走到了通道的盡頭。

這裡有一扇巨大的鐵門，大到好像應該擺在揍敵客家族門口一樣，一般人推不動的那種。來到這裡，我已經可以感覺到黑龍就在門後，甚至不用我說，我身後的眾多女孩也感覺到了。

「……黑龍，就在這後面，對吧？」藤原綾問。

「嗯。」我點點頭，然後走向那扇鐵門，伸手去拍了拍門上的灰塵。結果出現在我面前的，竟然是一塊液晶玻璃面板。

「大家做好心理準備。」我轉頭對眾女孩笑了笑，說：「我現在就讓妳們看看，四千七百年前，那條『黑龍』的真面目。」

說完，我把自己的手掌往液晶玻璃面板上按下。就在這一瞬間，那塊放了四千七百年竟然還有電的面板馬上就啟動了，快速的掃過了我的掌紋後，便看見一道電光，從面板的上下左右四個方向發出，打在鐵門的周圍後開始不斷的反射，最後聽見「咖踏」一聲，鐵門開始消失。

對，鐵門不是上升、下降或者左右拉開那種傳統的開門方式，而是逐漸的透明化，然後消失掉，超炫的外星科技。

然而，更炫的還在門後面。

「妳們看，這就是四千七百年前，那條『黑龍』的真面目。」

我走了進去，指著我面前的巨大的黑色太空戰鬥機，說著。

原本我說魔法的起源是外星文字，大家都還不信；而發現鐵門消失的方式竟然是透明化，這讓眾人還有點半信半疑。但此刻，看到一架活生生的外星人太空戰鬥機出現在面前，大家不信也得信啊！

這幾個見過無數大場面的魔法界公主們，各個都吃驚得連嘴巴都合不攏，只能呆呆的指著那架戰鬥機，結巴的說著像是「這、這這……這哪裡像黑龍了？分、分明就是一架……一架戰鬥機吧？」諸如此類的震撼感想。

「呵呵……以前的人哪裡看過這種戰鬥機？當然就用傳說中的生物來稱呼啦！」

我一邊笑著，一邊像是散步一樣的沿著戰鬥機的外圍走，邊走邊介紹說：「妳們看，那長長的機身，連接到機鼻的部分，是不是很像黑龍的脖子？兩片機翼不用說，就是那黑龍的翅膀啦！至於黑龍的爪子和尾巴，我猜應該是後人自己想像的啦……總之，這就是當年，那條『黑龍』的真面目。」

聽到這麼玄奇的事情，連意見最多的藤原綾也無話可說：「……我、我不知道要說什麼了……」

「呵呵……妳們再看看，它的機翼上面、機鼻上都有掛載武器，這就是傳說中黑龍會噴火啊～翅膀一揮就能搧出殺人光線的真相啦！」

「……我已經不想再聽下去了……呃！」

說到這裡，藤原綾突然像是想到什麼一樣的，說：「等等……如果說這就是黑龍的真面目，那它現在不過就是一架不會飛的戰鬥機罷了……它是要怎麼毀滅世界？」

我閉上嘴巴，饒有深意的看著那架戰鬥機。

「喂、喂！死陳佐維！幹嘛不說話啊？」

「……嘿嘿嘿嘿……妳還不懂嗎？」

我回過頭，用一種不懷好意的眼神看著藤原綾。

藤原綾此刻竟然對我露出了害怕的表情，她微微退了一步，問：「懂、懂什麼？」

「嘿嘿嘿……其實我們不是來討伐黑龍的，我們等等就要登上那臺太空船，成為新世界的神啊！哈哈哈哈哈撲啊！」

我話才剛說完，藤原綾突然就對我一陣拳打腳踢，邊打還邊說：「王八蛋！想不到全世界都被你騙了嗎！本小姐今天就替天行道！大義滅親！喝啊！」

「撲啊！啊啊！啊啊啊！別、別打了！真的啦～～幹！我是騙妳的啦！」

我趕緊抓住藤原綾的手，搖搖頭說：「我開玩笑的！真的！妳看我的眼神多麼清澈，看起來像是要破壞世界的人嗎？」

藤原綾把手抽回去，不屑的說：「哼……我知道你在開玩笑。」

「靠！知道還真打喔？」

「這哪叫真打？」藤原綾冷冷的瞪著我說：「本小姐真要打你，你早就被我打死啦！哼！愛開無聊玩笑，給你點教訓是應該的！快點說啦！到底我們進來這裡幹嘛？」

「打黑龍啊！」

「啊黑龍不就是這臺戰鬥機？它都不會動了還打什麼？」

我聳聳肩，對著那戰鬥機說：「……打裡面的人。」

聽到我這樣講，藤原綾又閉嘴了。沉默一陣子，她才說：「所以……那才是黑龍？」

我抓抓頭，說：「嗯……其實她有名字，只是我想不起來。不過，如果妳要說她才是黑龍的話，那倒也沒錯。總之，我們走吧！入口在後面。」

「喔……」

大夥兒一路晃到戰鬥機的後方，我稍微思考一下，就大概想到入口是何處。其實自從打開那個機關後，我對這裡雖然沒有任何印象，但憑著直覺來行事，竟然還沒有搞錯——比方說剛才打開那扇大鐵門的時候。

於是，我走到戰鬥機後方的其中一根大柱子旁。我不懂為啥會有這種設計，但這戰鬥機並沒有輪胎，而是靠柱子來降落，這應該就是龍爪的部分吧？而柱子上方同樣有布滿灰塵的控制面板，將面板上的灰塵清乾淨之後，我再次放上我的手掌，讓面板掃描我的掌紋。又聽見「嗶！」的一聲，旁邊的機腹就降下一個升降平臺。

「……為什麼你都知道要怎麼做？」慕容雪終於看不下去這麼神奇的事情，問著。

「我也不知道，猜的。」我聳聳肩，說：「不過我大概知道為什麼我會猜得這麼準……主要就是因為之前我死過，然後蚩黎神劍帶我經歷過那麼多事情，把一些冷知識灌輸到我腦中。」

「這種程度的冷知識也太冷了吧！」慕容雪吐槽道。

「還好啦！起碼在這裡很有用啊！」我抓抓頭，走向那升降平臺，邊走邊說：「這種感覺就好像《通靈童子》裡面，死了又復活、巫力會增強一樣啊！」

聽到這種話，藤原綾白了我一眼，說：「又在那邊用奇怪的話來扭曲魔法了。」

「……哪有！」

升降平臺承載著我和藤原綾等人進入戰鬥機內部。沒想到過了四千多年，這架戰鬥機竟然也還有電！裡面是燈火通明。

我和眾女孩此時的位置是在一個入口處小房間，而我們的正前方，還有一扇門，看來要通過這扇門，才會正式進入戰鬥機內艙。

我把手按在門板上，回頭對大家說：「呼……要走了喔！」

「嗯！」

眾人點點頭，走到我身邊，也伸手一起按在門板上，然後我們所有人同時用力的將門推開。

就在這個時候——

「……哥哥。」

推開門之後，我們來到的地方應該是戰鬥機機腹的位置，但這裡沒有任何的隔間，而是一個廣大的平臺——因為戰鬥機很大，與其說是沒有任何隔間，倒不如說是這裡已經被人破壞掉、掃平過，所以才會掃成這樣的平臺。

而平臺中間，黑龍正坐在那邊，背對著我們。

黑龍的頭上有一對犄角，還有著一對尖尖的長耳，長髮在地上散出一朵黑花，黑色的肉翅是收著的，再來就是黑色的尾巴。

但是，沒有「封印」。

我原本以為大家都說黑龍被封印在這裡，是指她被困在什麼結界裡面。然而現在的黑龍身邊不但沒有什麼封印、結界，她根本就沒有被任何東西困住，而是靜靜的坐在那邊。

藤原綾從身後輕輕的拉了拉我的手，看了看那黑龍、又看了看我，用脣語問我：「這就是黑龍？」

「嗯。」我點點頭，也用脣語回答：「是，這就是黑龍的真面目。」

我剛回答完藤原綾的問題，那邊的黑龍就有了動靜——畢竟她並沒有被封印啊——她慢慢的張開了她的翅膀，並且站了起來。由於她沒有穿衣服，所以整個漂亮的背部曲線展露無遺。

「……哥哥……」

黑龍又喊了一次，這讓大家都疑惑的看著我。我猜她們肯定不是在疑惑為啥黑龍也說中文，所以我沒說話，只是趁著黑龍還沒注意到我這邊的時候，用手勢對眾人打暗號，要她們別輕舉妄動。

我來這邊除了要挑戰黑龍以外，還是為了要完成那傢伙的請託。雖然他沒有強硬的要求我一定要這麼做，但我卻可以理解他的心情。

畢竟，就算我不是像那傢伙一樣，會與自己的妹妹用夫妻相稱，還生了一個精神偏差的女兒的無藥可救的妹控，但我也有妹妹啊！雖然我妹又煩又懶惰又醜又肥，可是只要有人想對她怎樣，我還是會跟對方拚命。

不用別的理由，因為她是我妹妹，這樣就夠了。

因此，聽到黑龍兩次叫我哥哥，那語氣跟我夢中聽到的那種恐怖完全不同，甚至相

反，是非常溫柔的，我就把事情往好的地方推想。

那就是……

經過四千七百多年的洗禮，黑龍身上的「破壞者病毒」，已經被名為時間的解藥治癒了。

這也許不是導演他當初把黑龍困在這裡的原因，因為他自己也承認當時他實在打不死她，只好將她封印在這裡。但卻因為其他的很多因素，讓黑龍誤打誤撞的從壞人變好人。甚至搞不好就是因為藤原綾她無敵幸運星的威力實在太強，幫助我戰無不勝的威能全開到極致，就變成這種可能會不戰而勝的場面。

馬的，想不到我才剛拿《通靈童子》的巫力來比喻自己起死回生後變強，竟然連最後大魔王也要跟《通靈童子》一樣的方式收尾啊！黑龍公主嗎？

不過，事情還沒發展到那個地步。起碼，現在還不能肯定，一切都只是想像而已。所以接下來會怎麼演變，純粹端看我到底該怎麼做選擇。也就是等等跟黑龍的對話，一定要小心。

這就是我要大家在旁邊不要輕舉妄動的初衷。

沒錯，妳們就在旁邊好好看著我是怎麼把妹的吧！

「……我是。」

我點點頭，一開始還有點猶豫，但這可是為了地球！我是肩負著世界和平這個重責大任來把妹的！於是我又認真的說一次：「我是噗啊！」

話還沒說完，黑龍突然瞬移到我面前，然後用力、超用力的抱住我。還不只是用手抱著而已，她連尾巴都勾上來，將我緊緊的纏住。

然後，她哭了。

「嗚……你說過不會把人家丟下來的……說過要一直在一起的……人家很乖乖了……你不要再生人家的氣了啦……嗚……」

事情演變成現在這個樣子，完全出乎我意料之外啊！原本我以為踏進這裡會看到那種剛解開封印、準備要大鬧世界一番的超大黑龍，然後我們會二話不說的打起來，就好像漫畫《魔力小馬》裡面，小馬碰到白面者那一段一樣。

結果我們這一棚不但沒有打得你死我活，反而這最後大魔王還直接跑過來抱著我哭哭討拍拍，這是安怎？

我偷偷的轉頭看了看藤原綾，就看她也是一臉驚訝。我原本以為她會跟以前一樣的衝過來一拳把我打倒，可是大概現在這個情況也完全讓她意料不到，她就這麼目瞪口呆的看著我們。

總之，既然大家現在都沒有要阻止我的意思，那我就必須趕快使用我男人的魅力，征服黑龍的心，好阻止黑龍破壞地球。

於是，我也主動的一手摟上黑龍的小蠻腰，用一種自我感覺良好的超魅力電波眼神盯著黑龍，另一手調皮的捏捏黑龍的臉頰，說：「對不起，我來晚了。一個人在這裡等我這麼久，會難受嗎？」

「嗚……你什麼都不懂……我好想你……你這個騙子……你把人家一個人丟在這裡這麼久……好難過好難過……」

「好啦好啦，不哭不哭……妳想看我，這不是看到了嗎？乖乖～」

「那你……還會把人家再丟下來嗎？」

我笑了笑，搖搖頭，說：「不會，哥哥不會再丟下妳了。」

黑龍在我懷裡──對了，雖然沒有說明，但黑龍她其實意外的嬌小，竟然才一百五十公分左右，比藤原綾還嬌小——抬頭看著我。雖然她已經停止哭泣，但水靈的雙眼中還是閃爍閃亮的淚光。她抱我抱得更緊一些，閉上眼睛，雙脣微啟，輕輕的踮起腳尖。

糟糕，她的舌頭和爬蟲類一樣，是分岔的啊！

這是我和黑龍吻在一起之前，腦子裡面一直在思考的問題。至於第二個問題「四千七百年沒刷過牙的黑龍不知道口氣會不會很糟糕？」則是在接吻之後煙消雲散，因為不但不會臭，反而還有種甜甜的香味。

雙脣分開之後，黑龍她慢慢的將舌頭伸回去，露出淺淺的微笑。

「所以，哥哥你終於想起我了嗎？」

「嗯。」

「那……哥哥，這個星球欺負人家！我們一起把這裡的生命力量吸收掉，趕快走吧！」

「咦？」

黑龍臉上的笑意更盛，說：「哥哥，你想起了我們來這裡的目的了吧？那……我們還是快點把這裡消滅掉吧！啊……剛好呢！那邊不正有一群該死的猴子嗎？哥哥～～人家討

厭她們～～幫人家把她們都殺掉嘛～～」

說完，黑龍把我往女孩們的方向輕輕一推，還對我做出要我加油的動作。

我緩緩的走到她們的面前，而她們則是一臉不爽的看著我。

「……呃嗯……」我抓抓頭，對大家解釋說：「那個……我只是想要說服她，妳們知道吧？」

聽到我的解釋，藤原綾面帶專業的微笑，點點頭回應說：「我知道呀～不過你很有種呢！打敗全世界魔法師之後變最多的就是你的膽量吧？竟然敢在本小姐面前跟別的女人親熱！我看你是不想活了吧？」

「哪有！我很珍惜生命的！」我聳聳肩，然後才說：「好啦好啦……我把她打倒之後，回去再隨便讓妳處罰啦……」

「嗯～那，快去把那傢伙劈倒！」藤原綾直接指向黑龍，說：「這是社長命令！」

「好！」

說完，我就比出劍指，回頭對著黑龍劈出一道黑色的殘月劍氣。這一道劍氣狠狠的轟炸在黑龍身上，炸出一團白煙。當煙霧散去，我們才發現黑龍根本毫髮無傷，因為她及時張開了她的翅膀將自己包住，擋下了殘月劍氣。

翅膀放下後，黑龍的表情變了。她看著我看了很久，才說：「……你……」

「很抱歉……雖然我跟妳哥有點交情，但我不是他。」我說著，同時將蚩黎神劍召喚出來，緊握劍柄，擺出戰鬥的架式。

黑龍閉上嘴巴，冷冷的瞪著我。接著，她用手往自己的嘴唇抹了一下，像是要把什麼抹掉一樣，然後說：「我知道……哥哥他回不來了。你不是哥哥，你只是一隻猴子。」

黑龍張開翅膀，她的翅膀足足有她體型的兩倍大，一張開，整個氣勢就完全不同。那種在夢中感受到的壓迫感，再度湧上心頭！

「而且，你不但不是哥哥，你還殺了我和哥哥的寶貝女兒。」黑龍語氣非常的平穩，但那種恐怖的感覺，有增無減，「你以為，我會放過你？」

說完，黑龍就動了。

我立刻張開方圓的劍圍，卻感到一陣連續不斷的爆破、震動，一瞬間便將我的劍圍震潰！

接著，黑龍她冷酷的臉，就出現在我面前。

「碰！」

我完全不知道發生了什麼事情，是被她的手捶到、腳踢到，還是用翅膀、尾巴甩到的，我看不出來。在那一刻，我只感覺到右半身發出巨大的響聲、產生劇烈的痛苦，接著我就被轟開了好幾公尺，直到撞上戰鬥機機身、還撞出一個大凹洞，才止住去勢。

但我並沒有因此倒下。

說也奇怪，雖然黑龍的攻擊快到我看不清楚，被打中的疼痛也讓我難過得受不了，但此刻我卻沒有因此感到退縮、害怕，反而更湧起一股信心。

在決戰之前，我覺得我可能會打不倒黑龍。如果黑龍還是夢中那隻黑龍，她給人的壓迫感和恐懼還是那樣，我覺得我打不倒她；但在我親自挨了這麼一擊之後，即使現在還是占下風，但打不倒黑龍的這個念頭，卻跟著這一擊被黑龍打碎。

「……嘿嘿……經過四千七百多年，妳似乎不像當年那麼厲害了！」

我再召喚出第二把蚩黎神劍，左右手各執一柄，變成雙劍流，接著用力的將雙劍互擊，在金鐵交擊發出清脆響聲的同時，也炸出了萬千黑色劍氣。然後，我再用力的將手中兩柄蚩黎神劍握成碎片，將碎片也噴向黑龍。

「軒轅劍法・無限！」

在我的操縱之下，無限劍氣幻化作一條黑色的巨龍，張嘴對著黑龍咬去。但黑龍果然不是省油的燈，她雙翅拍動，也振出億萬黑色扇形劍氣！那些劍氣在她周遭化為圓形，不但形成一個類似方圓的防護罩，更是直接將我的無限劍氣吞噬。

她吞噬掉無限劍氣之後，雙手一壓，連同自己的黑色劍氣一起壓縮，形成一個小型的黑洞。這個擁有巨大壓力的黑洞在她的雙手之間不斷的旋轉著，還沒出招，氣勢就足夠毀天滅地。

然後，她狠狠的瞪了我一眼，雙手向前一推，那個黑洞就緩慢但平穩的向我飛來。不需要速度，因為它會將所有碰觸到的事物吸收、毀滅。沒有人能閃開，連光線都會被吸入，時間都會被扭曲。

我立刻將無限劍氣召喚出來，但跟以往那種直接殺向對手的使用方式不同，而是改採類似方圓的劍圍方式，將所有的劍氣集中在我的身邊，並且將它們統統實體化，化為一柄又一柄的蚩黎神劍，飄浮在我身旁。

這一切從召喚到完成所需完全不用一秒，但卻幾乎耗盡我體內所有的靈氣。接著，我

再雙手對著那小黑洞揮出，所有的蚩黎神劍統統集合成一柄超巨大的蚩黎神劍，將無限劍氣化繁為簡，集中在一點上，跟那黑洞硬拚——

「轟——！」

神劍和黑洞撞在一起後，立刻產生了激烈的爆炸！炸出了一朵黑色的蕈狀雲，暴風掃平了整架宇宙太空戰鬥機。但在最後，又因為巨大的吸力，而將所有的毀滅吸了回去，集中在一個小點上，直到消失無蹤。

被暴風吹飛的我在爆破結束後，狼狽的躺在地上。雖然我將劍氣實體化後才跟那黑龍的攻勢做出對決，但產生的破壞力實在太強，反震到我一點靈氣都沒有的身上後，還是讓我的雙手都燒成焦黑，並且受了極嚴重的重傷。

「……猴子，最後的掙扎就只有這麼一點點的力量嗎？」

聽到黑龍的聲音我心頭一震，逼得我立刻撐起身體，用雙眼去確認這傢伙的傷勢。黑龍她剛才用翅膀將自己的左側身子包住，然後用左半邊硬接了這次的破壞。如此強大的破壞力，雖然成功的炸斷她的左翼，但也僅僅如此了，被翅膀包覆住的身體則是一點傷害也沒有。

「可惡……」

我咬牙切齒的瞪著黑龍，然後再度召喚出蚩黎神劍，咬著牙關忍住雙手的痛楚，運起軒轅心法提高自己的靈氣，準備繼續再戰。

這個時候，黑龍再度有了動作。她用僅剩的右翼一揮，那架戰鬥機的殘骸就被掃得朝著我的方向砸過來！速度之快、力量之強大，憑我此時的狀態根本完全閃不開，那殘骸打在我身上，砸得我口噴鮮血。不只如此，殘骸的體積太大，直接把我整個人掃翻，狠狠的砸在後面的洞壁上。

然後變成一個令我動彈不得的監牢。

黑龍露出微笑，她一邊笑著，被炸斷的左翼竟在此時恢復原狀。她慢慢的朝我走過來，雙手也同時凝聚起黑色的氣團。

「猴子，就算你是哥哥的繼承者又如何？」黑龍瞇著眼睛，說：「你終究不是哥哥……不是我深深愛著的哥哥。這樣子的你，只會讓我覺得噁心……恨不得早日殺死你……所以……」

「妳才去死吧！」

就在這個時候，一道剛猛至極的黃金劍氣朝著黑龍劈砍過去。這道黃金劍氣很明顯是出自現場另外一個會使用軒轅劍法的公孫靜之手。但我看得出來，這道劍氣的力量和速度，都比她之前所揮出的任何一道劍氣還要強大。

饒是如此，這強悍的劍氣依然無法對黑龍造成什麼傷害。不過卻也成功的讓她轉移了注意力。

黑龍和我一起轉頭看著發出劍氣的公孫靜，只見公孫靜身上隱約散發出淡淡的金光，靈氣根本強大到肉眼可見的程度。而再往她身邊一看，是拿著摺扇、滿身大汗又氣喘吁吁的韓太妍，不難想像公孫靜此時高漲的靈氣是如何造成的。

「老公！咱們夫妻倆攜手合力消滅黑龍！」

公孫靜大喝一聲，將手中的夏禹劍朝著黑龍扔了過去，打出一記「軒轅劍法・流星」！這記流星所蘊含的靈氣之強，甚至肉眼就可以看見整把夏禹劍都金光閃閃、瑞氣千條。

這還沒完，在另外一側，雙手持著土黃色符籙的慕容雪也施展她的道家絕學，用一股充沛著浩然正氣的太極氣團，對著黑龍出擊！

面對兩個少女的合作夾擊，黑龍悶哼一聲，不屑一顧的扭頭就要閃開。但這個時候，她才注意到自己竟然在沒有發覺的情況之下，已經中了旁邊藤原瞳的神道魔法，行動早已受到封印，根本動彈不得！在這樣的情況下，黑龍硬生生的吃下兩位少女的合作夾擊。

也因此，她從開戰至今始終沒有受傷的身體，終於留下一道淺淺的傷口。

黑龍憤怒的大吼，用強大的力量硬是掙脫了藤原瞳的封印結界，然後朝著公孫靜攻擊過去。

說時遲那時快，慕容雪已經來到公孫靜的身邊，韓太妍也再度加強了公孫靜的靈氣，現在公孫靜的靈氣強大到讓她像是變成超級賽亞人一樣的黃金戰士！再加上慕容雪的「禹步」支援，竟然成功的閃避了黑龍這次的攻擊。

還不只如此，藤原瞳的神道結界在這個瞬間，在黑龍攻勢已老、力量尚未回收的當下，立刻抓準機會，再度把黑龍封印起來。公孫靜和慕容雪眼見機不可失，再度打出第二波的合體攻勢，夾帶浩然正氣的太極氣團以及剛猛至極的超級黃金劍氣，在黑龍的背上華麗炸裂！

「好、好啊！」

好。

精采的小組配合，打得黑龍毫無招架之力，這麼漂亮的表現，讓我不由自主的脫口叫好。

「還說世界要靠你拯救，結果看來你只能當啦啦隊啊！」就在這個時候，藤原綾的聲音從困住我的殘骸外面傳來。

我趕緊解釋說：「靠腰！啊我就被困在這邊……」話都還沒說完，一個激烈的震動，囚禁住我的那些殘骸竟然全部炸開。

藤原綾拿著一張五星靈符，笑著說：「看來，不管你有沒有變強一點，到頭來還不是要靠本小姐幫忙？」

「……是～我的社長最英明能幹啦！」我笑著做出無力的回應。

「少耍嘴皮子，把你的劍握好，然後跟我一起打倒那隻黑龍吧！」藤原綾一邊說，一邊把那張靈符當作飛鏢射了出去，那張靈符在半空中化成一道火舌，對黑龍造成了一點都不痛不癢的小傷。

掙脫了戰鬥機殘骸的禁錮後，我再度加入戰場。

這一幕讓我感覺非常的懷念。

我知道那不是我的記憶，那是屬於我靈魂深處的印象，但我大概可以從這種既視感中，得知我懷念的地方到底是什麼。

是啊！就跟四千七百年前，導演那傢伙和人類一起並肩作戰打敗黑龍的時候一樣。現在這樣的戰局，就是當初導演散布出來的種子成熟之後結成的果實。

我們這邊有他當年創出來的軒轅劍法傳人．公孫靜，有他化身而成的分靈體藉由五行元素創造出來的陰陽道傳人．藤原綾，以及道家黃老派傳人．慕容雪，有上古大神直接顯靈在巫女面前、藉由巫女發揮出大神威力的神道傳人．藤原瞳，甚至還有當年被他的靈氣影響而成神的那頭黑熊的女兒．督瑪公主，也在這邊當啦啦隊加油。

而能把這些成熟果實完好的收成下來，製成一道精緻料理饗宴的廚師，則是複合式魔法傳人．韓太妍。雖然她不直接參加戰鬥，但有她在，的確是我們這個臨時組成的團隊的一個大加分。

也因此，黑龍雖然靈氣超級強大，但在我可以勉強抵銷她力量的情況下，這些女孩子的分工合作，就成為這場決戰的獲勝關鍵。

我笑了出來。

因為我相信，這次我們不但會獲勝，更能夠把黑龍永遠的趕走！

黑龍掙脫了藤原瞳的神道結界，馬上就有來自韓太妍的天醫道尋龍點穴來禁錮她的行動。而魔力和靈氣在經過大幅提升的藤原綾、公孫靜兩人，則是以幾乎不間斷的陰陽道和軒轅劍法來攻擊黑龍。

而在黑龍做出反擊的時候，我的方圓劍陣可以消弭掉大量的攻勢，至於剩下的那些落網之魚，則是被慕容雪的道法化為無形，如海納百川。

這是我們第一次，六個人一起參與一場大型的作戰，但因為我們之間的感情、我們之間的羈絆，讓我們的默契完全不像是臨時組成的團隊。

在黑龍節節敗退的情況之下，藤原綾抓準機會，唸動《五行元素歌》，施展她畢生以來最強大的絕招！在金水木火土五行元素不斷轉動、增強的情況之下，最後的「中界黃麟天地崩」更是強大到像是湊齊六人的力量一起攻擊，狠狠的把黑龍轟得體無完膚，轟到她雙翅被炸毀，背上是一大片的燒傷。

「死陳佐維！最後一擊就交給你了！把她給我劈倒，這是社長命令！」

藤原綾指著黑龍對我下達命令，我立刻大喝一聲，雙手合掌一拍，「軒轅劍法・無限」的無限劍氣，瞬間從我的手掌大量轟炸出去，全部對著強弩之末的黑龍攻擊過去。

「轟轟轟轟，轟隆轟隆，碰碰碰碰，匡磅轟隆碰——！」

在一連串碰撞、爆炸的音效和視覺特效過後，我們七人——嗯，事實上總共有七個人，可因為能作戰的只有六個人，所以剛才發動攻擊的作戰團隊也只算六人而已——看著現場的煙塵瀰漫。

在經過這麼慘烈的連續攻擊之後，黑龍她應該要死得不能再死才對。

但不知道為什麼，我心裡總覺得事情進展得太過順利，似乎不太對勁。

「……死了嗎？」藤原綾轉頭問我：「你……有感覺嗎？」

我搖搖頭，皺著眉頭看著自己剛才攻擊的方向，說：「……應該還沒……可是……」

「還沒，真抱歉讓大家失望了。」

就在我話還沒說完的當下，黑龍的聲音從我們前面傳來。隨之而來的，是那股遠比開戰之前更誇張、更令人窒息、更叫人不敢輕舉妄動、更恐怖的強烈妖氣所營造出來的壓迫感！

甚至，就連大地也為之震動。

塵埃落地，我們終於得以看見黑龍現在的樣子。

這讓我們大吃一驚。

別說沒死了……

黑龍身上竟然一點傷痕也沒有！

這一刻，我們所有人立刻再度擺出作戰姿勢，但是黑龍的速度更快，才一瞬間就用快到可以留下殘影的誇張速度，幾乎是同時出現在我們每個人的面前，然後各賞一巴掌給我們每一個人。

對，就是只賞一巴掌。她要是想殺死我們全部的人，剛才那一瞬間我們早就死光了。但她只賞我們一巴掌，甚至連讓我們受傷都沒有。

然而，我們心裡的震撼卻遠超過身體的傷害。

我知道黑龍很強大。那個穿越四千七百多年的夢就有讓我稍微體驗到這種恐怖。但我從來沒想過，我與黑龍的差距竟然這麼多！

黑龍發出銀鈴一般的笑聲，然後做了一個伸懶腰的動作。

「剛才陪你們幾隻猴子玩了一下，你們就以為我真的會怕你們？太天真了吧！」黑龍嘲弄的搖搖頭，說：「不過，餘興節目結束了……我現在會拿出真正的力量解決你們。」

說完，黑龍對著我們發出一道巨大的吼叫聲。這麼近的距離、這麼大的音量，震得我們全部人都產生了耳鳴的現象，甚至韓太妍和督瑪公主的耳朵還因此噴出血來。

而這不過是黑龍反擊的第一步罷了。

下一秒，黑龍消失了。

「軒轅劍法．方圓！」

一看到黑龍消失，我馬上張開方圓劍陣想要保護眾人。結果當黑龍再度出現的瞬間，我的方圓劍陣竟然完全抵抗不住黑龍的攻勢，整個方圓劍陣被震潰，我們全部的人都被轟飛！

大家在洞壁上摔得東倒西歪、七葷八素。

同時，所有的人都被一股無形的力量壓制在牆上，動彈不得。就連擁有「結界破壞」的我也不例外。

黑龍拍拍雙手，笑容滿面的看著我說：「哥哥啊～雖然你忘記我了，但這四千七百多

年來，我連一天都沒有忘記過你。我每天念的、想的，就是你。結果當我們兄妹、夫妻感人重逢的時候，你不但已經變成一隻猴子，還帶著六隻母猴子來找我，你說，是你的話，你會怎麼做？」

「妳……妳想做什麼？」我瞪著黑龍，憤怒的說：「不要對她們出手……直接衝著我來就好！」

「我還很愛你。」黑龍走到我身邊，輕撫我的臉頰，然後再給我深深一吻。雙脣分開之後，她的眼神變得冰冷，殺氣湧現。

「所以我要把她們統統殺死，就跟四千七百年前，我殺死那些人的時候一樣。」

「不、不可以……」

黑龍轉身，走到我們七人中間，環顧一下四周後，就說：「哎呀哎呀，不知道要先從哪個開始殺起呢……哥哥，你說呢？先殺死誰會比較好呀？」

黑龍一邊說，一邊走向那些女孩。她先走到督瑪公主的面前，用尖銳的爪子抵在她的胸口，問：「是妳嗎？妳想不想先死呀？」

說完，黑龍輕輕的用爪子在督瑪公主的胸部上劃了一下，劃破了胸口的衣服，也劃破了她細嫩的肌膚。

督瑪公主害怕得一邊掉眼淚，一邊搖搖頭。

黑龍笑了笑，接著再走到慕容雪面前，用同樣的問題、同樣的動作再重複一次。但就在她要往藤原瞳方向走的時候，藤原綾突然暴走了。

「少在那邊囉哩巴嗦了啦！王八蛋！」

藤原綾全身都被禁錮著，但她依然惡狠狠的瞪著黑龍，怒喝：「妳算什麼東西啦！要殺就殺，還在那邊廢話什麼？不想殺不會趕快把我們放開喔？王八蛋！」

黑龍停下腳步，看著藤原綾，然後再回頭看看我，點點頭，說：「說得也是，我的話似乎太多了，你說是吧？哥哥？」

「……妳……快放開她們！」我突然有種不好的預感。

「嗯。」黑龍點點頭，閉上眼睛。

然後她一次丟出五枚黑色的魔力彈，一口氣貫穿了除了藤原綾和我以外的那五個女孩子的胸口。

「不要……喝啊啊啊啊啊！黑龍啊啊啊啊啊！」

看到公孫靜、韓太妍、藤原瞳、督瑪公主還有慕容雪五個人同時死掉，我心中的憤怒終於到達臨界點。我對著黑龍大吼大叫，也不斷的掙扎要掙脫那個該死的禁錮。

然而，我越是憤怒、無力，黑龍就越開心。她開懷的笑著，然後走到藤原綾的面前，接著她伸出爪子，尖銳的爪子抵在藤原綾平板的胸部上。

「哥哥，讓我問你一個問題。」黑龍回頭看著我，說：「你記得我叫什麼名字嗎？」

「妳……」

我愣了愣，然後開始在自己那空白一片的腦海中搜尋黑龍名字的相關記憶。

黑龍笑咪咪的說：「只要你回答出我的名字，我就放過這個……」

「呸！」

就在黑龍說話的時候，藤原綾突然朝著黑龍的臉頰上吐了一口口水。

這超級沒禮貌又不衛生的動作，把黑龍的笑容固定住。取而代之的，是一股強烈的殺氣。

藤原綾像是沒有感覺到這股殺氣般，對著我大喊：「死陳佐維！這個賤人的名字忘光隨便啦！你要替我們報仇，殺了她，這是社長命令！」

「藤原綾……」我搖搖頭，要藤原綾別再激怒黑龍。

但已經來不及了。

黑龍握緊拳頭，用盡全力的往藤原綾的腹部揍了下去——這當然直接貫穿她的腹部。接著黑龍把拳頭收回，再往藤原綾的胸口揍一拳。往藤原綾脆弱的身體轟了兩記鐵拳、開了兩個洞之後，黑龍才停下出拳的動作。

然後，她回頭看著我，笑著說：「哥哥，我叫什麼名字？」

「……我要殺了妳……」

我閉著眼睛，咬牙切齒的憤怒大吼：「我會殺了妳！我一定會殺死妳！喝啊啊啊啊啊！」

我的憤怒突破臨界點，這終於讓我得以掙脫這該死的力量壓制，然後我一個箭步衝到黑龍的面前，直接出拳揍她！但是黑龍巧妙的閃過之後，以一記手刀劈在我的後背腰上，只聽「喀滋」一聲，脊椎瞬間傳來巨大激烈的痛苦，我雙腿同時一個無力，整個人往前趴倒在地。

「……能殺我的時候再說吧。」黑龍冷淡的說著，然後張開翅膀，飛了起來。

黑龍拍動翅膀，說：「我現在，就去完成我們四千七百年前就該完成的事情。等我毀掉這顆星球，我再回來找你。我一定會想辦法復原哥哥你的記憶的。」

說完，黑龍就揚長而去。

地球毀滅，進入倒數階段。

NO.004

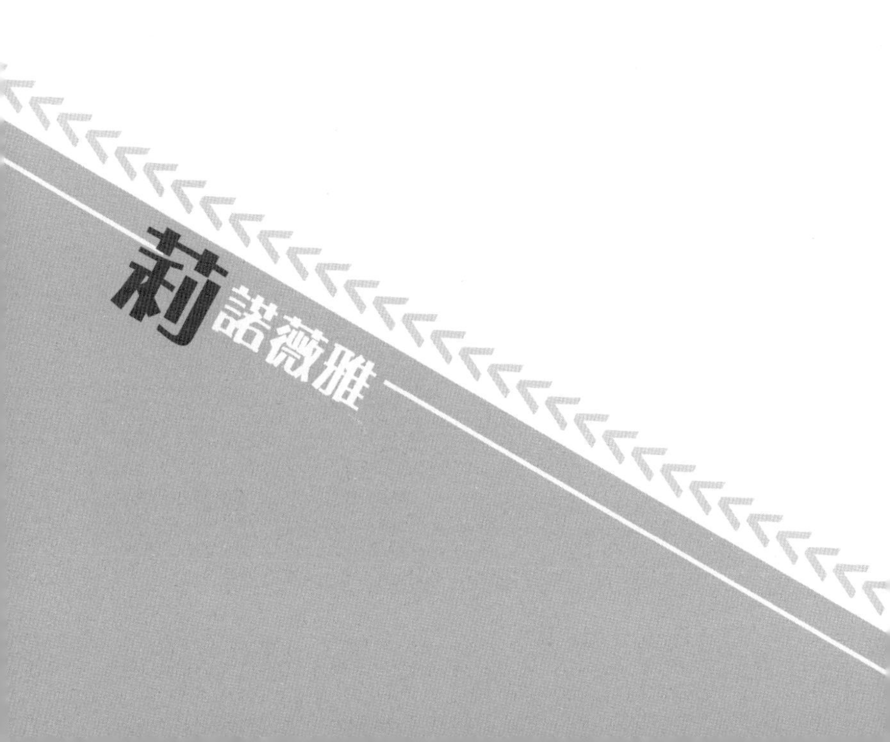

莉諾薇雅

黑龍離去之後，禁錮眾人的力量也消失了。就聽到大家全部摔到地面的聲音此起彼落的傳來。

我不敢去看那些屍體，不敢去看那些在半小時前還可以跟我有說有笑的紅粉知己們。

我咬緊牙根，忍著腰際的痛楚，用雙手吃力的爬向摔在我面前沒多遠的藤原綾。

當我爬到藤原綾身邊的時候，她還有一點點呼吸，以及很微弱的心跳。於是我立刻伸手去按住她的胸部，想要灌輸靈氣給她，救活她。

但是藤原綾卻伸出她無力的雙手，把我的手握住，不讓我灌輸靈氣救她。

她的皮膚已經失去血色，胸口和腹部的兩個大洞正在大量的出血，但就算是這樣，她還是擠出了一個笑容。

「留著……」藤原綾小小聲的說：「對付……黑龍……」

「藤原綾……小綾……」我哭著握住藤原綾的手，她則是把其中一手伸過來，用沾滿鮮血的手指輕輕的貼在我的臉頰上。

「我……一直……都……想跟你說……」藤原綾說著，鮮血也慢慢的從她嘴角流出。

她說到這裡的時候，呼吸一個急促，然後她搖搖頭，笑著。

她笑著閉上了雙眼，貼在我臉上的手也無力的摔落地面，嚥下了最後一口氣，從此香消玉殞。

「……小、小綾……妳要跟我說什麼……喂！妳還沒說啊……喂！眼睛睜開……」

我放開藤原綾的手，然後再度伸手去壓在她胸口上，灌輸靈氣進入她的體內。可是這麼做除了讓她的胸口和腹部那兩個大洞又再度噴血之外，似乎並沒有辦法讓藤原綾復活。

「嗚……嗚嗚啊啊啊啊啊──！」

好傷心好難過，淚水停不住……已失去下半身力量的我只能趴在地上發出悔恨、不甘心的吼聲。

因為這都是我的錯。

要是我沒有讓她們跟著我進來，要是我解開封印後讓她們直接出去，或許她們根本不會死。她們都是被我害死的……

我緊緊的握拳，然後閉上眼睛，繼續撕心裂肺的吼著。

她們都是被我害死的，因為我害怕自己會死！

我怕死，所以我不敢拿出真正的力量！

但現在既然她們、以及在外面等待我的人們，甚至這個地球都因為我怕死而面臨存亡危機，那我還為什麼要怕死呢？

「……妳們等我。」我說著，同時吃力的翻身，讓自己仰躺。

這個時候我才注意到，原來這裡可以仰望外面的天空。

照理講，這時候應該是大白天。今天天氣也不錯，應該會是藍天白雲。但此時此刻的天空，卻是妖異恐怖的血腥紅色。

這或許代表外面也正在展開一場血腥屠殺。

我知道我不可以再怕死了。

這就是我應該捨棄的東西。

我讓自己全身的靈氣都外洩出來，讓靈氣化為蚩黎神劍的形體，飄浮在我的上方，劍尖對準自己的心臟。

「……來吧！」我閉上眼睛，說：「解開我身上的封印吧！蚩黎！」

還在夢裡的時候，導演曾經在我的耳邊對我說過一件事情。

我是導演那傢伙安排的，在現代可以用來對付黑龍的最終兵器。雖然我這個人又廢又弱，還沒有魔力，根本比普通人還普通人……但是，我有一個超特別的特殊能力。

這個能力叫做「結界破壞」。意思就是說，在這個世界上，我可以破壞任何的封印、結界。

而這個能力的秘密其實也很簡單。

這世界上所有的封印、結界，都有兩種破壞方法。第一種，就是施術者自己才知道的解術法門，任何人只要能從施術者那邊得知解開封印的方法，就可以破壞那個封印。

第二種，就是用一個比那個封印術、結界術更強大的封印或者結界去對抗，那個封印自然就會被另一個封印「吃掉」，然後就被破壞了。

「結界破壞」的真面目就是破解封印、結界的第二種方法。

因為陳佐維這個人，本身就是一個最強大的封印。

而我封印的東西，才是導演安排的，用來對抗黑龍的最終兵器。

也就是導演他那累積了四千七百多年的靈魂。

蚩黎聽到我的命令後，並沒有按我所想的一劍貫穿我的身體。

於是我又大喊：「蚩黎啊！你猶豫什麼鬼啦幹！快點來解開我的封印啊啊啊啊啊！」

這次蚩黎就沒有猶豫了，它迅速的往我身體一刺！在貫穿我身體的當下，同時化成萬千碎片，然後再度融入我的身體之中。

它變成我的血，化為我的肉，融入我的骨，刺進我的內臟。

「嗚哇啊啊啊啊啊啊！」

這一下讓我的身體感受到巨大的痛苦。從胸口開始激盪出去，撞到全身外側肌膚的時候又反彈回來，如此反覆，我感覺自己像是要被人拆成幾千幾百份一樣。

我痛得整個人彈了起來，痛到撕碎自己的衣褲。我可以看見自己的皮膚正在逐漸變成紫色，胸口那個被蚩黎神劍貫穿的位置，則是蔓延出黑色的靈氣。

靈氣沿著我的肌肉紋理爬滿我的皮膚，加強了我的肌肉和力量，然後固定下來，就好像黑龍身上也有的黑色刺青一樣。

我那被劈斷的脊椎不但復原了，我還感覺到它正在拉長，我的尾椎竟長出一條黑色的

尾巴。同時，我的雙手十指也變成十爪，雙腳也成了腳爪。

最後，我的背上長出一對黑色的翅膀，額頭也長出兩隻犄角。

「喝啊啊啊啊啊啊啊啊啊啊啊啊啊——！」

隨著一聲足以天崩地裂的怒吼，我已經從「陳佐維」這個人類的樣子，變成像是黑龍那樣的半龍人狀態。

「喝啊啊啊啊……啊啊啊啊——！」

但我的痛苦並沒有停止，一股強大的力量在我的身體裡面到處亂竄，就好像我的身體被一股一、兩百度的高溫不斷在灼燒一樣。

這就是我所說的，我怕死的原因。

因為變成這個樣子，我就是在燃燒自己的身體來推動這麼強大的力量。

意思就是說，不管最後我能不能打倒黑龍，我一定都會被這個力量反噬。

所以我要把握時間。

我搖搖晃晃的往前走了兩步，然後試著去控制我的翅膀和尾巴。雖然我這輩子從沒有用過翅膀和尾巴，但好在我的靈魂還知道該怎麼使用它們。於是我往前跑了兩步，然後雙腳用力一跳，跳到洞壁上之後，再借力用力的往另外一邊跳躍！

這一跳讓我跳到另外一邊的洞壁，最後我再往上一跳，接著在半空中張開翅膀，用力一拍，我就咻的一聲，瞬間飛出山洞。

一飛出山洞，映入眼簾的是一片如地獄一般的景色。

【天地之間】原本是個如同桃花源一般的人間仙境，但在黑龍的肆虐之下，這裡已經變成了焦土煉獄。

村子的房舍變成斷壁殘垣，地上到處都是被燒焦、被撕裂的屍體。雖然還有很多生還者，但他們大多是聚在一起哭泣和祈禱。

還正感到震撼的時候，我突然感應到黑龍的存在，於是我轉過身，朝著黑龍離去的方向迅速的飛過去。

黑龍往南邊走，我也往南邊飛。

這是我第一次飛行，可我沒有心思去享受這樣的感覺，我只想著要儘快飛到黑龍的身邊，去阻止她破壞這顆星球，去殺死她來替大家報仇。但就在我前腳剛飛走，我後面的山洞突然傳來一個巨大的聲響。

我回頭一看，就看到那山洞口噴發出大量的熔漿！原來這是一座火山！我飛出來的地方竟然是火山口！這……這座火山正在爆炸啊！

看著爆發的火山，我愣了幾秒。

藤原綾她們還在裡面。

我低著頭，說：「……我會幫妳們報仇。」

說完，我再度往黑龍離去的方向飛去。

⊕⊕⊕　⊕⊕⊕

一路上，到處都是被破壞的痕跡。還不只是黑龍造成的破壞，我看到龍捲風肆虐北京故宮、北京天安門廣場；我看到黃河、長江河水暴漲，淹掉了流域經過的上百萬戶民宅；我看見山崩，我看到地裂。

最後，我看到好幾架黑色的戰鬥機，正在天空和黑龍周旋。

其實也不是只有黑色的戰鬥機，有好多好多的戰鬥機正在天空和黑龍決戰！他們來自不同的國家，有各自不同的戰術編隊，用他們早已經準備好要來對付黑龍的特殊武裝——具有魔法力量的機關槍子彈、魔力網子等等，完全不像是因為末日到來才臨時成軍的戰鬥機隊。

同時，地面上也有地面部隊在幫忙抗敵。好多拿著地對空飛彈、火箭筒的士兵，一輛又一輛的地對空飛彈臺車，一輛又一輛的坦克車正在交叉火網，集中火力，對著空中的黑龍掃射攻擊。

雖然我不知道這是為什麼，但我猜，為了這次的世界末日，人類或許也有自己的一套戰略。

然而，這些攻擊對黑龍並沒有用。

黑龍的速度超快！那是連戰鬥機的速度都追不上的噁心速度。而黑龍的身形基本上也跟個嬌小的女孩一樣，這點讓她占滿了「身材優勢」。就好像你拿獵槍射大象，跟你拿獵槍射蜜蜂的難度有差一樣。

戰鬥機在空中對著黑龍掃射，然而子彈卻連黑龍的尾巴都追不上。而黑龍先是迅速的衝到其中一架戰鬥機的駕駛座上，一拳打穿了駕駛座的玻璃，接著再扭斷駕駛的頭；最後

她抓住戰鬥機的控制搖桿，把這架戰鬥機甩向旁邊的戰鬥機群。

就看見這架戰鬥機撞上另一架戰鬥機發出巨大的爆炸，然後又因為慣性的關係，在空中一連撞毀六、七架戰鬥機，變成一串華麗的鞭炮。

黑龍轉頭，對著剩下的戰鬥機發出一聲咆哮，然後對著地面部隊噴出億萬道龍燄！地面部隊像是怕死掉之後自己帶來的武器沒用上也浪費，竟在這個時候同時將手上的武器全面開火！結果就是現場馬上演出一場驚天動地的火光爆炸秀！一連串刺目的火光和震撼的爆破聲音傳來，空氣和大地都震動了起來。

我知道人類的力量能做的程度有限，再打下去只是增加犧牲的人數而已，所以趁著一片混亂的時候，我迅速飛過去，在空中用力的撲住黑龍。我緊抱著她用力的往地面飛，接著在快靠近地面的時候按住她的頭，把她的頭壓去撞擊地面！

「轟隆——！」

就好像隕石撞地球一樣，我們的落地處出現了一個隕石坑。

黑龍也不是省油的燈，她立刻用尾巴甩開我。我感覺手臂一陣痠麻，感覺自己被一股強大的擊力打中，整個人不由自主的往旁邊飛去，一連在地上碰撞了好幾個大坑出來。

「吼啊啊啊啊啊啊！」

黑龍站了起來，對著我的方向大聲的吼著。

就在這個時候，剛才的地面部隊、空中戰鬥機等等，全部都集中火力往那個隕石坑進行密集轟炸！我立刻又往旁邊飛開，以免遭受爆炸的波及。

只見那個隕石坑不斷的噴出火光，現場爆破聲響不斷傳出，地面不斷的震動。然後一個小小的黑影從火光之中竄出，她先是飛到天上去，用手刀劈出一記黑色的劍氣，一次就掃掉十幾架戰鬥機，然後再朝著地面部隊飛了過去。

黑龍一降臨地面，先踩扁一輛坦克車，接著一腳踢翻旁邊的大型軍事工具，再抓住另一輛坦克車的炮管，把它拿來當作鎚子的柄，接著雙手高舉坦克車，用力的往人多的地方砸下去！

轟的一聲！坦克車變成一堆廢鐵，一群無力抵抗的士兵也變成一團肉餅。

然後，黑龍把炮管拆下來當作標槍，往天空那些再度趕來支援的戰鬥機射了過去，竟然還一箭三、四鵰的一次貫穿三、四架戰鬥機，破碎的機身殘骸墜落地面形成好幾顆火球。

我又飛回黑龍的身邊，想要趁亂再度偷襲。結果這次黑龍注意到我了！我飛了過去，同時出拳想要一拳打倒黑龍，沒想到黑龍竟然也對著我一拳扁了過來！我們兩個人就這麼同時擊中對方的臉，這一拳打下去，空氣中還產生了震波爆炸！然後我們兩人再度同時往後飛脫。

我大約飛了幾公尺之後，就拍拍翅膀止住去勢。但就在這個時候，一枚飛彈朝著我飛過來，我一看苗頭不對，立刻轉身飛走！那枚飛彈在我身後的地面爆炸！同時還有許多來自天空戰鬥機的機關槍子彈朝著我飛來。

「哥哥！」

黑龍轉而飛到我的身後，替我接住那些子彈之後，像是灑豆子一樣的往那些戰鬥機灑回去，就這麼天女散花的又打了好幾架飛機下來。

打掉飛機之後，黑龍回頭看著我。

「……哥哥！」

然後她欣喜若狂的張開雙手跑來，像是要我擁抱她一樣。

但我才不可能抱她。

趁她此時中門大開，我大喝一聲，一拳對著她胸口揍了下去！可就在我要扁到她之前，黑龍反應很快的雙手同時抓住我的拳頭，令我難越雷池一步。

「哥哥……你還是沒回復記憶嗎？」黑龍皺著眉頭，問我。

「不，回復一些。」我搖搖頭，瞪著黑龍說：「我記得妳了，『以多克己上最純粹的寶石』，或者該說……『莉諾薇雅』！」

聽見我說出她的名字，黑龍……不，莉諾薇雅的眼睛一亮。她笑著點點頭說：「你想起來了！你想起來了！哥哥！」

「但我還是要殺妳！」

說完，我的另外一個拳頭就狠狠的揍在黑龍的肚子上。這一拳揍得莉諾薇雅吃痛，逼得她放開了我的手，然後我再補上一拳，往她的臉也用力的貫了一拳下去！

這第二拳把莉諾薇雅扁得飛了好幾公尺遠，在地上拖出一道長長的痕跡。可是就在我要進行追擊的時候，來自人類的武器竟然又再度朝我轟炸過來！逼得我只好放棄追擊，轉身先行飛離。

「哥哥！」

莉諾薇雅再度大吼，然後我回頭一看，一個黑影從地面升到空中，往那些戰鬥機的後面撞了過去！她就這麼飛來飛去、在空中拳打腳踢，輕鬆自在的便把那些戰鬥機破壞殆盡。

當她把最後一架戰鬥機拆成廢鐵之後，她一手抓住一片機翼，尾巴捲著機身殘骸，飛向剩下的地面部隊，把機翼當成飛盤、機身殘骸當成飛鏢，對著那些地面部隊砸了過去，引發熊熊大火與士兵的淒厲慘叫！

然後莉諾薇雅再度張開嘴巴，噴出龍燄，要把剩下的士兵活活燒死。

我立刻飛到那些士兵的前面，張開方圓的護盾，把莉諾薇雅的龍燄擋得滴水不漏。

一看到我出手保護這些士兵，莉諾薇雅的表情就非常不悅。她瞪著我，說：「……哥哥，現在要殺你的人是他們，為什麼你還要保護他們呢？」

我把方圓收了起來，抬頭看著莉諾薇雅，說：「為什麼我要保護他們？廢話！我是地球人啊！當然保護自己人啊！」

「你這個樣子哪裡像地球人了？」莉諾薇雅大吼：「你再說你自己是地球人啊！我現在就去把你的地球破壞掉！我……喝啊啊啊啊啊！」

吼完，莉諾薇雅轉身繼續往南飛。飛行的速度之快，幾乎是瞬間就消失在地平線上，還出現了音爆牆。

我見狀也立刻起飛追趕，同樣用上最快的速度起飛。我不知道她要飛到哪裡，我只知道，她所經過的地方全部都會被破壞。

她經過上海。那個高現代化的都市，已經變成一片廢墟。

而除了她帶來的破壞之外，地球還在持續不斷的產生各種天災，山崩地裂、龍捲風、暴風雨、冰雹、火山爆發、海嘯。

地球正在害怕，正在用自己的方式保護自己。

所以我知道，再不趕快解決莉諾薇雅，地球就算還沒被破壞，人類也即將沒地方可以生活了。

於是我再度加快我的速度，這速度快到我幾乎沒辦法呼吸，快到我的皮膚被風割傷，快到我眼睛所及的事物都變成模糊一片。

我終於追上了莉諾薇雅。

「喝啊啊啊啊啊啊啊啊啊啊啊啊啊啊——————！」

我從莉諾薇雅的身後追上她的同時，就直接一拳貫在她的背上。這一拳轟得她失速下墜，直朝著 101 大樓飛去，然後聽見「碰！」的一聲巨響，她撞斷了臺北 101 塔頂的部分樓層。

但她馬上就在塔頂站穩，然後對著我大吼：「來啊！」

我飛到她身邊降落，召喚出蚩黎神劍，對著她攔腰就是一劍劈過去！沒想到她根本不閃不避，用手刀就擋下了我的劈砍。接著她另外一手也用劍指朝我刺過來，我往旁邊一閃，她同時用尾巴將我掃倒，然後一腳朝著我倒下的方向踩踏下去！

我趕緊往後面一翻，閃過她的踏擊。但莉諾薇雅那一踏，竟直接踏垮一整層樓！我們倆摔到 101 大樓內部之後，她又朝我衝過來，用手刀和劍指不斷的交錯攻擊。

由於她和我的距離實在太近，所以蚩黎神劍的長度反而是個扣分，根本不利於戰鬥，於是我把蚩黎神劍納回體內，改用拳腳功夫跟她拚搏。結果才打沒兩招，莉諾薇雅馬上就連續劈出好幾道劍氣！我彎腰、側身、翻滾、跳躍一氣呵成才得以成功閃開，但這一層樓的梁柱可不會閃開啊！當這層樓的樓頂一崩塌，我立刻往窗外跳出去。

莉諾薇雅隨即跟著飛了出來，在半空中先給了我背部一拳，接著扣住我的脖子，帶著我往上飛。飛到 101 的塔頂，又壓住我的頭，對著 101 狠狠的撞擊下去！

「喝啊啊啊啊啊啊啊啊啊啊！」

「碰！」

莉諾薇雅按住我的頭，從 101 的塔頂垂直往下撞擊！我就這樣一連貫穿了十幾層樓。接著我膝蓋一頂，頂在她的腹部將她頂開，同時出拳把她往旁邊搥飛出去。結果她才剛飛出去，馬上就對著我這邊噴出龍燄！

一團巨大的龍燄飛了過來，在 101 的尖塔上發出巨大的爆炸。與此同時，莉諾薇雅再度飛了過來，在一片混亂之中，對我踢了一腳！這一腳狠狠的把我從 101 的位置踢到總統府！

我撞斷了總統府最高的那一根尖塔，身軀貫穿總統府之後，摔落在總統府後面的馬路上，挖了一個巨大的坑洞後，又在馬路上翻了好幾圈，壓爛了好幾輛汽車，最後摔進一輛公車裡，才止住去勢。

好不容易停止下來，莉諾薇雅又朝我飛了過來。我大叫著要車上的人全都離開，然後自己從公車裡飛出去，對著莉諾薇雅狠狠的撞擊。

我們兩人的撞擊在空中造成了空氣震波，這附近半徑兩公里之內所有的玻璃全部被震成碎片。

接著我先一拳轟在莉諾薇雅的肚子上，再閃現到她背後，抓住她的尾巴，在空中極速旋轉之後，用離心力造成的加速，用力的把她扔向總統府的方向！

「轟！」

莉諾薇雅直接撞垮了總統府的主樓！

「喝啊！『軒轅劍法．無限』！」

我立刻打出無限劍氣，讓劍氣全部對著莉諾薇雅的方向而去。一瞬間，整座總統府被夷為平地。

但是，莉諾薇雅卻不在那邊。

「就只有這麼一點本事嗎？哥哥！」

莉諾薇雅的聲音是從我旁邊傳來的。我轉頭一看，就看到她已經從那個方向用力的朝著我飛過來，然後對著我猛力的衝撞。這一次的撞擊直接把我撞得貫穿過整座二二八公園，撞進臺灣博物館裡面。

我扶著一堆斷壁殘垣站起來，才一抬頭，就看到黑色的劍氣朝這裡飛來，我趕緊往上飛，直接撞穿屋頂飛了出去！而我才剛飛起來，整座臺灣博物館就被莉諾薇雅的劍氣掃平！甚至還摧枯拉朽的連帶毀掉附近的一些大樓。

莉諾薇雅再度飛向我，要對我進行追擊。但這次我看準了她的來勢，一個反身翻轉，閃過她攻勢的當下，順勢也對她劈出一記殘月劍氣。結果沒想到莉諾薇雅竟然用瞬間移動的方式閃避了我的殘月劍氣，這道劍氣直接劈向前方的新光大樓，將新光大樓攔腰劈掉好幾層樓！

然後新光大樓就猛地往下墜落，發出了恐怖的聲響後，整棟大樓就往臺北車站的方向倒塌。幾秒之內，那棟建築物便被夷為平地。

「哥哥，看來你殺的人今天也不少嘛～」

莉諾薇雅突然出現在我身後，緊緊的抱著我，在我耳邊說：「是不是從其中得到了一點快感，想起殺人的樂趣了？」

「想起妳媽啦！幹！」我用力往後一頂，用頭錘撞擊莉諾薇雅的頭，趁著她因為吃痛放開我的當下，立刻抓住她的手，用過肩摔的方式，把她朝著那堆廢墟用力的摔了過去！

就看到莉諾薇雅在那堆廢墟裡碰碰碰的不斷翻滾，碰撞造成的爆破和煙塵到處都是。

我飛過去追擊，但是莉諾薇雅卻立刻爬起來飛走。我不知道她要去哪裡，就立刻追了過去。

莉諾薇雅一邊飛、一邊到處破壞。她刻意低空飛行，用她的力量和速度去撞毀馬路上的車輛，撞斷忠孝橋的橋墩，撞倒河堤！穿過淡水河之後，她飛到某間私立學校的上空，就停了下來。

看到莉諾薇雅停止，我也跟著停了下來。

「不跑了嗎？」我擺出戰鬥的架式，惡狠狠的瞪著她，說：「那就來決一死戰吧！」

「呵呵，你沒發現這是哪裡嘛？」沒有回應我的話，莉諾薇雅笑咪咪的反問。

「這是……」我皺著眉頭，低頭一看。

我這才發現，這裡竟然是我妹妹陳怡恩的學校！

「看來你發現啦！」莉諾薇雅笑咪咪的說：「哎～能叫你哥哥的，能做你妹妹、做你妻子的，當然只有我！其他人妄想取代這個位置，那就是死路一條！」

說完，莉諾薇雅張開血盆大口，噴出強大的龍燄，直朝學校而去。

「不——————！」

我立刻飛到學校的上空，用自己的身體去跟那團龍燄相撞，然後趕在龍燄炸到學校之前，在半空中引爆這團龍燄。

但龍燄與學校的距離實在太近了！所以雖然龍燄成功的在我身上爆炸，並沒有完全摧毀這個校園，但還是有部分的校舍、比較高的樓層，變成著火的廢墟。

而直接被龍燄命中的我，更是全身燒焦、冒煙，摔落在校園之中。

這引起了躲在教室裡避難的學生們的尖叫，我這才注意到原來教室裡躲滿了人。聽說防空警報發布的時候，全部的人都要躲在室內。大概就是這個原因，他們才會躲在這裡。

可是這又不是空襲警報！你們快點跑啊！

於是我站了起來，正要對他們大喊快跑的時候，莉諾薇雅突然下降到我面前，一腳把我踢到二樓的教室裡面。我撞穿牆壁，飛進教室裡面，摔進教室角落的掃具櫃裡面，才停住去勢。而這間教室裡面的人一看到這個光景，就全部發出尖叫聲，開始逃跑了。

我爬了出來，跑比較慢的人一看到我的樣子，更是發出淒厲的慘叫。而最慘的，我竟

然在慘叫的人之中，看到我妹！

馬的，這到底是怎樣的狹路相逢啊！妳為什麼這麼巧會在我跟最後大魔王決戰的時候登場啊！

雖然我認識陳怡恩，可是對陳怡恩來說，現在的我跟外面的黑龍是一樣的怪物。她看著我不斷的發出尖叫，這讓我覺得非常的難過。

而就在這個時候，莉諾薇雅也跳上來了。她一上來就先攻擊那些無辜的學生，我立刻衝出去阻止她的惡行。

莉諾薇雅正要對學生下手的當下，我及時趕到女學生的面前，出手截住了她的攻勢。

「哥哥！」莉諾薇雅憤怒的大吼：「你在保護的只是猴子！」

「猴子妳個頭啦！妳這個該死的王八蛋！別碰我妹一根寒毛！」

說完，我一拳把莉諾薇雅轟回一樓的校園廣場，然後我才回頭想要看看那些學生，還有我妹到底有沒有受到傷害。但就在我看到陳怡恩用非常害怕的眼神看著我的時候，我突然覺得受到傷害的人，其實是我自己。

因為就在這一瞬間，我突然了解到，莉諾薇雅說的可能是對的……我並不是地球人。

「快走！」我對著她們大喊：「有多遠跑多遠！別再回來了！」

喊完，我轉身跳回廣場，同時召喚出蚩黎神劍，手持神劍衝向莉諾薇雅，在廣場中繼續大打幾百回合。

我揮一劍，她扁我一拳；我後空翻，她側邊跳躍；我揮劍氣，她吐龍燄。我們在校園廣場裡瘋狂的近戰、肉搏，然後還不斷的用各種劍氣、龍燄在對決。結果勝負還沒分出來，這間學校已經快要被我們毀掉了。

而且，莉諾薇雅的力量，竟然還比我強大！

在一開始，我們還可以鬥個旗鼓相當，但交戰的回合一多，我發現她的速度、她的破壞力，都比我還高上一等。最後，就在我一次的揮空下，被她逮住大好機會，一拳轟炸在我的腰上，把我硬生生的轟向旁邊的學校大樓，用力的砸進某個辦公室，貫穿之後還撞進旁邊的民宅，一連貫穿好幾道牆壁後，才在某堵牆上止住去勢。

然後，莉諾薇雅的龍燄，再度朝著我轟炸過來。

過去幾次我都可以立刻閃掉，但這次我真的閃不過。只能雙手交叉在自己前方，用盡全部的靈氣，製造出一個小小的方圓出來抵擋。

「轟隆——————！」

擋是擋下了，但產生的巨大爆炸，竟然炸出一朵如同原子彈爆破一樣的蕈狀雲！一口氣將這邊的民宅統統夷為平地，而我自己也被炸得飛到遠方，摔在大馬路上，摔了好幾個大洞，撞倒一座人行天橋，才停了下來。

「嗚咳！」

摔在一堆碎片瓦礫中，我嘔出一口紫黑色的鮮血。

莉諾薇雅這一連串的攻勢，把我打成重傷。我全身的肌膚都被龍燄灼傷，身體裡面氣血翻騰，想必是被剛才的爆炸震出內傷來。

我半跪在地上，趁著莉諾薇雅還沒追擊過來之前，把握機會用靈氣治療自己的內傷。幸好莉諾薇雅還給了我大約五秒的時間才飛過來，這讓我的內傷好了大約八成。

「哥哥……你打不贏我的。」莉諾薇雅飄在半空中，看著我說：「算我求求你……我們握手言和好不好？哥哥……每次傷害你，我的心都好痛好痛……」

我沒有說話，因為我還在盡力的恢復自己的內傷。但這似乎讓莉諾薇雅覺得我好像有在聽她講話，於是她降落到我面前，露出笑容說：「哥哥，你知道我最愛你了……只要你願意再跟我在一起，我不在乎你剛才對我的所作所為……你忘記我們的過去也沒關係……只要你再愛上我一次就好，好不好?哥哥?」

說完，莉諾薇雅更靠近我一步，說：「哥哥，跟我走，我們一起毀滅這顆星球，好不好?」

「聽起來不錯。」我點點頭，也靠近莉諾薇雅一步，然後說：「可惜，比起跟妳一起毀滅世界，我更想把妳殺死，然後當拯救世界的超人!幹!」

說完，我趁著她不注意的時候，一個上勾拳轟在她的下巴上，將她狠狠的轟上天去，然後我跟著飛了上去，飛到她身邊的時候，再補上一腳，把她朝著遠方的山區踢了過去。就看著莉諾薇雅撞到某座山的山頂，直接撞掉整塊山頂造成了山崩後，墜落至隔壁較低矮的山峰，再把那座山撞裂碾平。

我是故意的。

因為我不願意再讓她留在市區或者人多的地方。

在市區裡，不管是她或者是我，我們的力量都太強大!隨便出手動腳，就可以把那些像是用樂高積木組成的高樓大廈夷為平地。就好像電影《鋼鐵英雄》裡面，超人和外星人

在打架的那一幕一樣。

所以我就想到這個地方。

但我很快又想到更適合的地點！於是再度飛向莉諾薇雅墜落的地方。

莉諾薇雅還塞在一堆土石之中，她被整座山的土石壓在底下，就好像孫悟空被壓在五行山下一樣。這有點出乎我的意料，因為我沒想到會發生這種情況。

突然一陣天搖地動，我在空中盤旋看著整個大地震動起來，然後地面裂了一大條裂縫，接著開始噴出大量的熔漿！同時天空也變得陰暗，氣溫開始下降，下起冰雪、冰雹，風雨更是逐漸增強，最後變成了狂暴的暴風雪。

在臺灣這個亞熱帶氣候的地區竟然會產生暴風雪！由此可知，地球對於莉諾薇雅的復活，到底有多害怕了。

隨著這一切異常天災的發生，莉諾薇雅終於現身了。

她從熔漿中登場，從天災中降臨！她紫黑色的皮膚上，閃閃發光的紅色熔漿沿著身上的黑色刺青流動，搭配她妖異的金色瞳孔，這畫面竟隱隱有女神下凡的氣勢。

「哥哥……你真的讓我失望，真的太失望了。」

莉諾薇雅一邊說著，淚水也默默的掉了下來。

「我是這麼的愛你……願意原諒你的一切……就連你親手殺死我們女兒的這件事情我都可以不追究……但你報答我的是什麼？」

莉諾薇雅緩緩的拍動翅膀，慢慢的朝我飛過來。

「你想殺我，很好。」她說著，表情終於變得殺氣騰騰，「我不會再讓你了。」

說完，莉諾薇雅一個加速，用肩膀把我用力的撞飛！我被她這一撞，就朝著太平洋的方向飛去，然後轟的一聲在海平面上撞出一個超巨大的水花爆破，接著又一路下沉向海底撞去，直到身體深深的埋進去為止。

就在這個時候，莉諾薇雅的聲音從我腦海裡傳來。

「哥哥，你等著，我這就去把你最愛的地球消滅掉！」

「……不！」我大聲吼著。

就在這個時候，我感覺肚子有火在燒。我用力的把那種感覺吐了出來，這才發現我原來也會吐龍燄。

靠盃！這場仗也他媽的太過驚奇無限了吧！都打到這種地步了我才發現自己還有新絕

招是怎樣啦！導演當初在教我怎麼變成龍人狀態的時候，怎麼沒有先把使用說明書交給我看啊啊啊啊啊！

總之，因為我會吐龍燄，所以我很成功的燒出一條生路，把埋著我的土石全部轟掉。但此時此刻，地球的震動越來越明顯，我逃出海底的時候，甚至還看見海底已經產生許多裂痕，許多海底火山正在噴發，大量的岩漿從海底滲出，照亮了暗無天日的海底，也沸騰了海洋。

我再不把莉諾薇雅解決，再不把黑龍趕走……

……趕走？

或許是因為海水的溫度讓我稍微冷靜下來。我突然發現，要解決地球的危機，不見得一定要打倒莉諾薇雅才行。

我只要把莉諾薇雅趕走就夠了。

於是我再度起飛。

轟的一聲，我飛出海平面，飛得很高很高。我再度感應到莉諾薇雅的所在，然後朝著那個方向飛了過去。

我穿過整個太平洋，來到地球的另外一端。

這裡是美國。

可是我來晚了一步。雖然我沒有低飛去觀察，但從上空這樣看下去，美國的國土就像是被人用刀子割出一道裂痕一樣——一條黑色、焦黑的死亡路徑，筆直的貫穿美國東西岸，最後停在東岸最精華的、從古至今被破壞最多次的美國最繁榮的大城市，人稱大蘋果的紐約。

莉諾薇雅不是停在那邊，她只是「才」飛到那邊，所以焦黑的軌跡還在延續。

我再度加速，把自己的速度催到極限之後，終於追上了莉諾薇雅，然後趁著她在破壞紐約市中心，把紐約整個搞得天翻地覆的時候，從她的背後緊緊的抱住她。

「抓到妳了！」

「哥哥！沒有用的！」

莉諾薇雅說完，頭往後一仰，後腦勺直接搥向我的下巴！這一下搥得我眼冒金星，雙手差點放開她。但我還是緊抱著她不放，甚至連雙腳也纏上去，還用尾巴把她和我自己緊緊的捆在一起。

「你要做什麼啊！把我放開！哥哥！」

莉諾薇雅大吼著，然後直接對著紐約噴出龍燄！

而我則是繼續執行我想要完成的動作。我緊緊的抱住她，用力的拍動翅膀往天空飛去！速度之快，高度之高！

我們的身體開始結霜，接著又因為和空氣的劇烈摩擦而點燃，變成一團火球飛上天，然後在脫離大氣層的那一瞬間，進入了外太空。

這裡沒有任何的溫度，一瞬間我們兩人身上的火焰完全消失。

這就是我所想出來的辦法——

既然我沒辦法解決她，那我就跟她同歸於盡！

我要抱著莉諾薇雅，飛到宇宙的另一端！

「哥哥！放開我！放開我啊啊啊啊！」莉諾薇雅在我懷裡拚命的大吼大叫：「你要做什麼？」

這邊得解釋一下，因為外太空沒有空氣，聲音沒辦法傳遞，所以事實上她是用心電感應在對我大吼大叫；當然，我也是用心電感應回應。

「哥哥知道對不起妳。」我抱著莉諾薇雅，刻意用導演的語氣講：「但我不可能讓地球被妳破壞掉，所以……就跟哥哥一起死吧！」

聽到我這句話，莉諾薇雅停止了掙扎。

然後她笑了一下。

「你以為，這樣子地球就得救了？」

我愣了一下，飛行的速度也稍微慢了下來。

莉諾薇雅不再掙扎，反而笑得很開心。她說：「哥哥～你回頭看看你的地球吧！」

我停下了飛行，然後回頭看著地球。

只見地球變成一個極不穩定的狀態！它的大氣層開始燃燒，大陸板塊也開始位移，海水沸騰，南北極的冰層也用超快的速度在消失。

莉諾薇雅在我的懷裡笑咪咪的說：「哥哥！你以為，剛才那些天災會出現的原因是什麼？」

「……是什麼？」

「呵呵呵……」莉諾薇雅輕輕的撫摸我擁抱她的雙手，說：「因為，被你困在地球這四千七百多年來，人家早就跟地球的元素同化了呀！你想想，我現在就是地球的靈魂，靈魂想要離開身體，身體會不抗拒嘛？」

「地球在害怕的，除了我的甦醒，它更害怕我的離開啊！」

我緊緊抱著莉諾薇雅，全身不斷的顫抖著。

我沒有想到竟然會是這樣的結局！

我不知道經過四千七百年，莉諾薇雅竟然會跟星球同化！

導演你沒跟我說啊！

「停、停止啊！」我在莉諾薇雅的耳邊大吼：「快把這一切停下來！妳知道會死多少人嗎？快點住手啊！」

「哥哥……你別以為自己還是地球人的一分子……」莉諾薇雅已經變成一個反過來賴在我身上、像是情人會相擁的姿勢。她在我懷裡，看著即將崩潰的地球說：「哥哥……這個世界上，只有我才是你的親人。我們是以多克己最後的遺民……你看清楚點啊！」

「快點住手！把這一切都停止！」我大吼，但我根本沒有辦法能命令我懷裡的莉諾薇雅。於是我扣住她的脖子，大吼：「快點停止這一切，不然我會殺了妳！」

「……殺了我，地球一樣會滅亡。」莉諾薇雅的聲音變得很冷酷，她說：「而且你真的要殺了我？殺了自己唯一的親人？」

「莉諾薇雅！」

「……我知道了。」莉諾薇雅點點頭，說：「那我就幫哥哥下這個決定吧！」說完，莉諾薇雅把全身的妖氣集中到自己的腹部，我感覺懷裡的她滾燙得像是一個小太陽。接著她面對著地球，從口中噴出一道超巨大的火柱。

這個火柱我知道。這就是用來破壞行星用的絕招！

「住手啊啊啊啊啊啊！」

眼看那道火柱就快要擊中地球，莉諾薇雅的聲音又在我腦海內響起：「哥哥！我來停止地球的崩潰啦！這不是你希望的嘛？」

「喝啊啊啊啊啊啊啊啊啊！」

我發出一道最後的怒吼，然後雙手用力一扭，莉諾薇雅的頸椎馬上發出恐怖的聲響。

火柱停了下來，在宇宙中消失得無影無蹤。

跟莉諾薇雅她的力量一樣，完全消失。

莉諾薇雅終於死了。死在她哥哥的手中，死在我的懷裡。

「莉諾薇雅啊啊啊啊啊啊啊！」

這讓我發出一聲打從靈魂深處的悲鳴，一道恐怖的吶喊。

但恐怖的事情還沒結束，地球的末日還沒終結。

莉諾薇雅就是地球的靈魂，她死了，地球還是會死。

所以我應該要怎麼辦？

我應該要怎麼做？

我在宇宙中看著正在崩潰中的地球，抱著莉諾薇雅的屍體，無助無力的，一點辦法也沒有。

於是我閉上眼睛，再度大喊：「導演啊啊啊啊啊啊！你告訴我應該要怎麼做啊啊啊啊啊！」

「……**誰是導演？**」

就在這個時候，我懷裡的莉諾薇雅突然又有了動靜。這讓我嚇了一大跳。

「唉唷！脖、脖子好痛……唉唷……哥哥……你……幫人家揉揉好不好？」

莉諾薇雅說話的聲音和語氣都變了，她一邊說著，還一邊把我的手拉去揉她的脖子。

但就在我真的伸手去揉的時候，莉諾薇雅卻突然消失了，變成了點點碎片，然後融到我的體內。

這一瞬間，我突然覺得自己全身的力量都變得更強大！但最大的改變不是只有力量的增強，而是我竟然可以感應到地球的痛苦。

地球在哀求我不要離開。

我試著往地球的方向前進一點，竟然感應到地球的痛苦因此減少一分！

這時候我才注意到，原來莉諾薇雅死掉之後，她體內的地球之魂已經同化到我身上了！意思就是說，只要我回去地球，我就可以拯救地球了？

於是我用力的往前飛去！結果我越飛，我就越注意到事情不對勁。

因為我的身體距離地球越近，就越透明。

然後我又緊急煞車，看著自己那已經透明到可以直視體內血管、臟器的恐怖身體，再看看地球。

這時候我才終於搞懂怎麼回事。

就好像是導演當年的結局一樣——

地球的靈魂不屬於任何人，只屬於地球。

我的身體沒辦法承載這麼強大的靈魂，所以當我回到地球的時候，雖然我能拯救這個世界，但我同時也會跟地球同化，從此再也沒有陳佐維這個人。

我看著自己透明的手，搖搖頭笑了出來。

希望，大家能好好的做環保、愛地球，然後千萬不要忘記，有個叫陳佐維的人，曾經用自己的生命，換回地球的重生。

然後，我毅然決然的，往地球的方向全速飛去。

直到完全消失……

NO.005

在那場地球存亡的危機之後，已經過了半年。

這半年過去，當初被莉諾薇雅破壞的地方，都在如火如荼的重建中，而有些地方已經重建完成。

這半年來，【組織】和聯合國政府配合，把事件的真相隱藏起來。其實早在世界末日那一天到來之前，【組織】就已經有跟聯合國政府接觸了，這也是當初在跟莉諾薇雅決鬥的時候，會有人類的各國聯軍出現助陣的原因。

為了要隱藏真相、粉飾太平，【組織】把世界上最強大的催眠魔法師、忘卻魔法師統統集中起來，把所有的破壞都推給恐怖分子，並且對曾經和莉諾薇雅有過接觸的人進行催眠、忘卻的動作，讓他們相信自己當初是在與恐怖分子交手。

之後，聯合國政府藉此出兵征討恐怖分子。這部分與魔法師無關的事情便暫且不提。

而這半年下來，魔法師的世界也有了天翻地覆的轉變。

大會長J在最短的時間內，把東方魔法界的會長一職交棒給儒家掌門接任。在新任會長的帶領之下，東方魔法界真的有如前會長藤原美惠子所希望的一樣，變成了世界魔法師的核心。

不過，變為核心的主因，跟會長是誰一點關係也沒有。

事實上，跟我比較有關係。

因為我現在的身分，是「新世界的神」。

半年前，當我很帥氣的自我犧牲的時候，到了最後那一刻，我來到一個很奇怪的地方。那是生與死之間、人和神之間的交界點。

那是一片空白。

而在那個地方，有人在等我——

導演。

「佐維，謝謝你。」

導演憑空變出一張椅子請我坐下，然後他自己也變出桌椅，在我身邊坐了下來。我們坐在一起，一起看著眼前的那個少女。

那是一個一直在沉睡的少女。雖然她的皮膚顏色並不是紫色，而是與我們正常人一樣的皮膚色，加上沒穿衣服也沒看見那些詭異的刺青。可是我一看就知道這個全裸的睡在我們面前的少女是誰。

「……莉諾薇雅？」我皺眉，看著導演問。

導演點點頭，說：「嗯……但這其實不是她，這其實是地球的靈魂。只是因為跟她同化太久，所以才會變成這個樣子。」

「……喔。」我點點頭。

然後我就和導演一起坐在那邊，一直盯著這個裸睡的少女。

馬的，好尷尬啊！這是什麼變態的畫面啊？導演你果然是變態嘛？為什麼把我拖下水啊！

「佐維……我很感謝你所做的一切。」導演笑了笑，然後對我說：「所以我決定要給你一個禮物。」

「……禮物？」我皺著眉頭。

因為把這句話跟眼前這個裸睡的少女聯想在一起，他媽的整個就不健康啊！雖然我或許會欣然接受，但我是正人君子怎麼可以這樣搞啦！而且這不是普遍級的故事嗎？可以出現這樣的橋段喔？

「我想讓你回去。」導演笑了笑，說：「不是你想的那樣啦！我只是想要讓你回去，讓你變回原本的『人類』的樣子。讓你可以繼續過完你應該過完的生命，走過你應該走過的時光，直到老死。」

「……真、真的假的？」

「我騙你幹嘛？」導演聳聳肩，說：「我可是神耶！你聽過哪個神言而無信的啊？」

「靠！那……」

就在我欣喜若狂準備要接受這個歡天喜地的喜訊時，我卻突然想到我的那些好朋友、我喜歡的人、我愛的一切，都已經不在了……

這讓我心情有點苦悶。

「導演……我……」

「我知道的唷！」導演點點頭，拍拍我的肩膀說：「我都知道！就當作跳樓大拍賣，買一送六吧！我會讓你們全部都回去，這是不是很好？」

我愣了愣，然後大喊：「靠！不是這樣的吧？真的假的啊？你說復活就復活？也太扯了吧！」

「反正也沒人看見她們死掉，沒關係啦！」導演笑嘻嘻的說：「再說啦～沒有人喜歡壞結局，對吧？」

「……說得也是，可是……」

說到這裡，我突然想到藤原綾她們的屍體已經被火山吞噬掉，就這樣復活的話，會不會變成其他的東西回來？

「不要那麼緊張啦！」導演站了起來，拍拍我的肩膀，說：「我是神，沒有我辦不到的事情。倒是你，這段日子辛苦你了。你就閉上眼睛好好睡一覺，等到你醒過來，一切都會正常了。」

「……嗯。」

我點點頭，看著導演，然後又看看地上的少女，我又問：「導演……我還會再看見你們嗎？」

「不知道。」

導演笑了笑，然後手指一彈，我的眼皮就越來越沉重，越來越沉重……

⊕⊕⊕　⊕⊕⊕

眼睛再度睜開，我發現自己躺在醫院的病床上。

我的身體傳來無盡無限的痛苦，痛得我不自覺的發出哀號。結果就在我一開口該該叫的時候，突然引發了一場騷動。

有六個女孩同時從病房的四面八方衝過來圍到我身邊，七手八腳、七嘴八舌的用各種屬於她們自己的方式關心我的傷勢。

「佐維勇士！嗚嗚你終於清醒了！人家差點就要回【祖靈之界】看你是不是先人家一步回去了！嗚嗚！」督瑪公主撲在我的腳上，淚眼朦朧的說著。

「老公……你沒事吧？我……我好怕你真的起不來……」公孫靜站在我的左側，彎腰讓我可以看見她衣領內的春光，邊哭邊說。

站在我右側的是慕容雪。她開心的邊哭邊笑，摸摸我的頭，說：「唉唷唉唷！我們家佐維就是愛給我惹麻煩呀！你這次昏個好幾天，本姑娘差點也跟著昏過去啦～嘿嘿嘿～」

藤原瞳根本沒有說話，她大概不知道要說什麼，但也是一直掉眼淚。

但相對於藤原瞳的安靜，韓太妍就熱鬧多了，她抓住我的右手，用她的胸部把我的右手夾住，一邊哭一邊說：「佐維哥……你終於醒來了……人家……嗚……」

然後，就是不甘示弱的抱著我的左手、想要用胸部去夾卻夾不起來的藤原綾，見笑轉生氣的把我的手甩到一邊去，再掄起拳頭大吼：「死陳佐維！馬上把你的手從韓太妍那骯髒的地方拿出來喔！」

「骯髒什麼啦！自己沒有就在那邊亂講，妳是羨慕還是嫉妒還是恨啊妳？」韓太妍不甘示弱的回嘴，甚至還刻意的又抓我的手去摸她的胸部。

「你們……吼唷！死陳佐維！你……」

「什麼死陳佐維活陳佐維的，妳還是少說兩句吧！」督瑪公主也加入戰場，趴在我身上轉頭對藤原綾說：「我最討厭妳了啦！妳在這邊只會妨礙佐維勇士休息吧？」

「妳才是咧！我才正想問妳又是誰啊？憑什麼趴在我的陳佐維的身上啊？」

「妳的陳佐維？」慕容雪皺眉反問，接著突然出手抱著我的頭，讓我的頭貼在她的胸口上。然後她對藤原綾說：「這傢伙已經跟我說過了喔！妳可不是他的女朋友！現在要換我說，這傢伙是我家陳佐維，妳聽懂沒有啊？」

「阿雪……可是他是我老公。」公孫靜這時候低下頭，小小聲的說：「我們……是夫妻耶……」

「夫妻個頭啦！佐維勇士要去【祖靈之界】娶我，妳這隻乳牛又是誰啦！煩耶！」

於是，應該要好好讓傷患休息的病房，就被這六個女孩子吵得整間翻了過去。

但我卻笑了出來。

因為，我真的回來了。

然後，就這麼過了半年。

⊕⊕⊕　　⊕⊕⊕

回到前面提到的，我現在是新世界的神，這句話到底是什麼意思？

簡單的說，就是因為我拯救世界的事情，雖然不被一般人類知道，但魔法師世界哪個不知道是我陳佐維打倒黑龍拯救世界的啊？所以，在那場大戰之後，我變成了魔法師世界中最受矚目的對象。

當然，為了避免我真的加入某間結社，使得那個結社在一夕之間變得太過強大——所謂的公平性問題，因此大會長一直在幫忙我，還下了命令，說我是直接隸屬【組織】管理，位階與三大會長同等。

但這麼做並沒有讓我受矚目的程度下降，反而在某種程度上，更提高了我「當紅炸子雞」的身分。

因為本來大家是想把我拉進結社，可現在既然沒辦法把我拉進某個結社，那麼大家只好來跟我攀關係了。

所以在一夕之間，我那從加入魔法師世界就好到爆炸的桃花運，就好得更是嚇人啊！幾乎每天、每小時都有人對我提出邀約，要約我吃飯、約會、看電影；知道我喜歡打電動，我現在打電動都不用錢；到處都有某結社的大小姐在轉角等著跟我相撞來一場命運的邂逅，到處都有某結社的年輕女社長在製造一親我芳澤的機會。

我甚至連要出去上課，都得小心翼翼，以免會在下課的時候，又多兩個女朋友。

然而，在我心裡，一直很希望有個人能像以前那樣陪在我身邊。

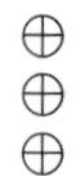

⊕⊕⊕　　⊕⊕⊕

「什麼？魔力系統又毀了？」

聽到我這樣講，藤原綾大叫出來。

我趕緊用食指抵在嘴唇，要她小聲點別這麼大聲嚷嚷。但這馬上換來藤原綾一記鐵拳，把我揍倒在地上。

「小聲什麼啦？」藤原綾不開心的說：「你以為現在你很紅，就都可以不管本小姐了是不是啦？」

「唉唷，不是啦！是大會長叫我不要洩漏出去的啦！」我趴在地上不動，很無辜的說：「他說，我現在有點像是魔法師世界的精神象徵，所以要是我沒有魔力的事情洩漏出去，或許會造成一些不必要的騷動。他說，反正也不會有人真的跑來測，我只要別講出去就好了啊！」

藤原綾一聽是大會長的吩咐，她就沒再發表意見，又多給我一拳之後，才把我拉起來。

「那你還跟我講？」藤原綾讓我坐回沙發上，然後自己坐在另外一邊。

喔對了，這邊要特別提一件事情。由於我被【組織】列為列管對象，所以被迫退出結社，而因為我退出結社，公孫靜也跟著我一起退出；然後【大宇宙】方面在我退出之後，便宣布中斷對結社的合作關係。所以現在【神劍除靈事務所】，已經變成只剩下藤原綾一個人的個人工作室了。

雖然藤原綾把原本那個小窩又重新裝潢成原來的樣子，但隨著成員的退出，公孫靜回去中國休息半年、韓太妍回去韓國進修、我被【組織】列管的情況下，這裡已經跟以前完全不一樣了。

「就聊天嘛！」我笑著，說：「最近結社的業務怎麼樣？還好嘛？」

「當然好啊！」藤原綾白了我一眼，說：「少了你這個扯後腿的，任務我一次可以解決八個，比以前的效率好太多咧！」

「是喔……」我抓抓頭，有點不好意思的說：「我知道都是我在拖累妳啦……嘿嘿……」

藤原綾又白了我一眼，然後我們的話題就莫名其妙的在這個地方乾掉。兩個人坐在沙發上不發一語的看著對方，沉默了一段時間。

我低頭看看手錶，想說也要回去自己的宿舍寫作業了，就起身說：「欸，我先回去寫功課了！明天再過來聊天喔！」

「嗯，快滾。」藤原綾打了個呵欠，說：「我等等要睡一下，晚上還有任務。」

「……喔。」

其實看到藤原綾這個態度，我有點難過。

因為我還是很喜歡藤原綾。

我想多跟她說說話，所以就算我被【組織】列管，我還是每天都會來這裡找藤原綾聊天，甚至很多大會長要我別洩漏出去的事情，我都拿來當作玩笑話跟藤原綾說。

不過看她現在過得很好的樣子，我覺得……或許她好就好了。

我繞過藤原綾，慢慢的往玄關的方向走。

「……等等啦！」

藤原綾這時候突然叫住了我，我開心的回頭，問：「怎、怎麼了？」

藤原綾依然慵懶的躺在沙發上，回頭看著我。她嘆口氣，說：「想問你，有沒有興趣學魔法？」

「咦？」

「問你有沒有興趣學魔法啦！煩耶！每次人家問問題你都不專心聽！」藤原綾不耐煩的說著。

我走回藤原綾的身邊，低頭看著沙發上的她，好奇的問：「學魔法？是要學啥啊？」

「隨便啊！」藤原綾依然不耐煩，她說：「反正你不是說你現在沒魔力又怕被人家發現？那就乾脆重新學起啊！你去問大會長，看他說可不可以啦！反正他要是敢說不行，我就叫媽媽跟他分手啦！」

「靠！那還問個屁啊！」我笑了出來，點點頭說：「嗯……好啊！我要學。」

「……嗯。」藤原綾點點頭，然後站了起來往房間的方向走，一邊走一邊說：「我要睡覺了，說過等等要出任務。你要走就先走吧……」

「……喔。」我點點頭，說：「那我先走了……我明天再來，我們再討論要……」

就在這個時候，我的手機突然響起。我趕緊向藤原綾說了抱歉後，接起手機。電話那邊是一個最近才剛認識，來自俄羅斯的【十字教】結社聖女，她在約我等一下出去吃飯。

我好聲好氣的婉拒之後，才注意到藤原綾已經走進房間，把門關上了。

看著緊閉的房門，我默默的說了聲「再見」，然後自己轉身離開。

這段時間的桃花運，其實並沒有讓我覺得開心，反而讓我覺得很難過。

我很懷念那段我什麼魔法都不會，但身邊有很多好朋友圍繞的日子。

我很懷念那段我們三個人一起在這個屋簷下同居的生活。

但，**或許已經回不去了。**

NO.END

命運，再次停住之夜。

關上房門後，藤原綾難過得眼淚都掉了下來。然後她趕快爬到床上，用棉被把自己包得緊緊的。

「大騙子……死陳佐維大騙子……我最討厭你了……」藤原綾在棉被裡哭得很難過，一邊哭、一邊生氣的說：「說過會一直陪著人家……結果都跟說好的不一樣……大騙子……嗚……都去跟別人約會，都去跟別人吃飯啊！都不要來理我了啊！討厭討厭討厭……嗚……」

這半年來，最難過的人，或許非藤原綾莫屬。

她喜歡陳佐維喜歡到不行，好不容易在所有事情都解決了的當下，她終於以為自己可以一直和陳佐維在一起時，這傢伙竟然因為被【組織】列管，硬生生的被迫和自己分開。

此時就跟一年前陳佐維把所有東西帶給她的時候一樣，當陳佐維一走，她的一切又回到一年前的那個樣子。

一個人孤單的吃飯，一個人孤單的練功，一個人逛街，一個人花錢，一個人出任務。

她又變回孤單的一個人了。

而且最慘的是，她還沒有申訴的管道。

因為提出列管禁令的人，還是她自己未來的新繼父。

所以她和陳佐維一樣，每天都很期待下午到晚上，這段陳佐維會來找自己聊天的時光。但就因為她那無意義的自尊心和霸道，使得很多時候自己都會跟陳佐維吵起架來，或者講話講到無話可說。

藤原綾並不希望這樣，可是沒辦法，她的脾氣和個性已經養成這古怪的樣子。她想改，但沒這麼容易。

再加上，只要看到陳佐維又和哪個結社的女孩子去吃飯、哪個結社的女社長一起出遊，就算陳佐維都有解釋說那是一些不可拒絕的邀約，就算陳佐維都會盡量推掉約會，藤原綾還是會吃醋、不爽，然後越不爽，她在每次跟陳佐維聊天的時候，氣氛就會越僵硬。

所以最後就只能像現在這樣，一個人躲在棉被裡哭泣。

她很怕會因為這樣失去陳佐維，她很怕陳佐維有一天會真的嫌她煩，她很怕陳佐維以後再也不來找她聊天。

她很怕這樣。

但她還是沒把自己真正的感情說出來。

⊕⊕⊕　　⊕⊕⊕

晚上十二點，藤原綾把準備好的靈符、式神收進包包裡面，來到任務的所在地。

今天的任務幾乎可以算是例行公事，就是很一般的消滅惡鬼的那種任務。

但是，這次的地點是在東海別墅區，也就是藤原綾在一年前接受社長審核失敗的那個地方。

有消息指出，一年前在這邊肆虐的妖怪，蟄伏一年之後，似乎再度出現了。對於這隻妖怪，藤原綾一直覺得很不爽，畢竟要不是因為這個任務失敗，她原本順遂的人生也不會出了那麼大的差錯。

所以當她在任務投標會上看到這一樁任務出現的時候，便砸下大筆的金錢去標，就是為了要跟這隻妖怪決一死戰，洗刷她魔法界小公主的恥辱。

早在任務執行之前，藤原綾已經在這附近查看過地形了。也跟上次一樣，她先在周圍布置好結界，等到當天晚上時間差不多的時候，她再啟動結界，隔絕一般人和自己，以避免傷及無辜。

藤原綾上到某棟宿舍的頂樓，拿出吸引妖怪的迷香，點燃後放在她早就安排好的魔法陣上。接著她退到旁邊去，默默的等待妖怪的到來。

等了大約五分鐘，一股強大的妖氣從結界的東邊傳來，並且不斷的往這邊靠近。速度很快、妖氣很強，比起一年前的時候，那隻妖怪似乎又強大不少。

這樣很好。

藤原綾露出滿意的笑容。

因為要是太容易解決，這報酬的喜悅肯定會大打折扣。

很快的，妖怪就出現了。

果然就是那隻該死的白猴子！這隻在這個故事裡出現最多次、證明導演根本沒啥想像力的妖怪，牠又登場了！

妖怪一登場，藤原綾拿出早就準備好的式神符，召喚出兩個強大的 MIB 式神出來，上前圍毆那隻白猴子。而她自己則是在魔法陣裡變換五行位置，不斷的強化自己式神的力量，讓式神可以在最短的時間內把白猴子消滅掉。

這是藤原綾在這半年來，因為結社人手不足的情況下，被迫改變的新作戰方式。

當式神牽制住白猴子的瞬間，藤原綾立即出手了。她唸動咒歌，隨著歌詞的變化，四周的五行元素也跟著變換，沿著土金水木火這樣五行相生的順序，詠唱到最後一句「南方朱雀滅蒼穹！」的時候，威力無比強大的火行元素咒歌攻擊，直取白猴子而去！

「轟隆——————！」

白猴子被火行元素轟中的當下，產生了巨大的爆炸！然後整隻猴子被打得摔下大樓。藤原綾心裡一驚，深怕白猴子會像上次那樣跑掉，於是立刻要式神先跳下去追擊白猴子，然後自己再趕緊搭電梯下樓。

跑出大樓，白猴子和式神都不在現場。藤原綾心中暗暗咒罵，自己實在太大意了！竟然讓白猴子逃跑！實在不應該啊！

藤原綾閉上眼睛，感應到式神的位置之後，她立刻跑了過去。

跑到現場的時候，就看到式神正在和白猴子搏鬥。藤原綾鬆了一口氣，抽出靈符，準備要上前收拾那隻白猴子。

結果沒想到，就在這個時候，另外一隻白猴子卻從藤原綾的身旁出現！趁藤原綾沒注

意到的當下，狠狠的給藤原綾一記重擊！

這一下讓藤原綾當場成了斷線風箏飛了出去，狠狠的撞在旁邊大樓的牆上。最慘的還不只如此，當藤原綾要站起來繼續反擊的時候，胸口一陣鬱悶以及小腿傳來一股刺痛正在提醒她，剛才的重擊讓她的肋骨和小腿骨都受了傷，最嚴重甚至可能已經骨折了。

「太大意了！」藤原綾緊咬銀牙，心想著。

這是她在過去幾個月很少發生的錯誤，但今天或許是因為才剛跟陳佐維鬧脾氣，也或許是因為面對這個任務的興奮和緊張，也或許是因為這裡是一年前她和陳佐維初次相遇的地點等等原因，她的確有些心不在焉。

就是這樣的心不在焉，讓她犯下了足以致命的錯誤。

另外一隻白猴子已經把兩名失去藤原綾魔力支援的式神消滅掉，走過來和眼前的白猴子會合。兩隻白猴子盯著藤原綾，露出了笑容、陰森的大牙和貪婪的口水，甚至還發出了如雷的肚子叫聲。

藤原綾忍著痛逼自己站了起來，從胸口掏出靈符要反抗，但胸口的傷勢讓她很難順暢的唸完咒歌，眼看兩隻猴子正要撲上來把自己吃乾抹淨的瞬間——

「**軒轅劍法．殘月！**」

一道女孩子溫柔但有力的聲音從旁邊傳來，一道蘊含浩然正氣的黃金劍氣也在同時劈砍而至！其中一隻白猴子挨了劍氣之後，馬上變成了一堆碎片。

藤原綾不敢置信的往聲音的來源看去，就看到那依然穿著白色運動服的熟悉身影，正對著自己露出久違的溫柔笑容。

「社長大人，小靜回來了！」公孫靜甜甜的笑著，那笑容真的美到極點。

「小、小靜……」

看到公孫靜的登場，藤原綾的淚水差點就要潰堤。但這還沒結束，因為就在這個時候，藤原綾背上的幾處大穴馬上遭人重擊。

本來她以為自己被人暗算，結果重擊過後，她身上的傷勢竟然在瞬間止痛，她才知道身後這人是友非敵。

她回頭一看，就看到穿著一襲火紅套裝的韓太妍，拿著黑色摺扇，露出招牌笑容對她說：「呵呵~小綾啊~就憑妳現在的身手，還真敢跟佐維哥說他在拖累妳呢！」

「什、什麼意思啦！本小姐自己一個人也可……」雖然看到韓太妍登場，藤原綾很開

心，但韓太妍一出現就要挑釁自己到底是怎樣啦！而且這還不是最重要的，為什麼今天下午才跟陳佐維說了都是他在拖累自己，晚上韓太妍就會知道這件事情啊？

於是她也祭出招牌臭臉，問韓太妍：「為、為什麼妳會知道我跟死陳佐維的對話？」

「喔，因為他一直都有跟我聯絡啊！」韓太妍聳聳肩，露出戲謔的笑容說：「怎麼樣啊？自己結社的副社長一直偷偷在跟董事長聯絡，是不是在吃醋呀？」

「什、什麼吃醋啦……什麼結社啦……早、早就解散了不是嗎……」

「沒有解散。」

公孫靜此時也走到藤原綾的身邊，輕輕的牽起藤原綾還有韓太妍的手，三個女孩子的手彼此牽在一起。然後公孫靜露出笑容，說：「社長、太妍姐姐，我們的結社一直都沒有解散，我回來了，太妍姐姐妳也回來了，社長大人，妳說是不是？」

看著三人彼此牽著的手，聽到公孫靜的話，勉強自己堅強半年的藤原綾，終於在兩個女孩子、在她最大的敵人和最好的朋友們面前，哭了起來。

看到藤原綾哭，韓太妍搖搖頭笑了出來，然後三個人抱在一起。

這時，藤原綾突然想起什麼，然後她尖叫著：「啊啊啊啊！先、先別管這個！那隻白猴子又要跑了！」

說完，藤原綾放開兩位女孩的手，回頭要去追這次的任務目標。

結果她才一回頭就傻了。

因為她看見陳佐維。

她看見那個下午才跟她說自己魔力系統已經全毀，沒辦法使用魔法的陳佐維，已經輕鬆的使用魔法把白猴子消滅的畫面。

藤原綾呆呆傻傻的走到陳佐維的面前。

陳佐維則是一派輕鬆的回頭，對藤原綾說：「哎呀～親愛的社長大人啊！這樣妳覺得，以後我還會拖累妳嗎？」

「你……你這個……」藤原綾低著頭，身體不斷顫抖，雙手緊緊握拳。然後她一拳打在陳佐維的肚子上，凶狠的大吼：「你這個王八蛋！你下午跟我說的是什麼意思？你以為要我很好玩啊？我一直以為從明天開始我就可以跟你在一起……你這個王八蛋……大騙子……」

藤原綾打完那一拳、罵完那一頓之後，就站在陳佐維的面前哭了起來，哭得好難過好

傷心，好像要把這半年來的委屈和孤單寂寞一次哭完。

「佐維哥！還不快抱緊她！」韓太妍立刻在旁邊大喊：「雖然我超喜歡你的！不過這情況我還可以接受喔！」

「雖然我不喜歡，不過……老公你還是趕快安慰一下社長大人。」公孫靜則是低著頭說：「只能一下子。」

陳佐維笑了笑，然後輕輕的把哭成淚人兒的藤原綾擁入懷中。

這個動作這半年來他一直想做，但其實直到現在，當他真正把藤原綾抱著的這一刻，都還是有點緊張和害怕的。

「對不起。」陳佐維在藤原綾的耳邊說：「我的魔力系統是真的毀了，我現在是用大地之母的力量在作戰啦……不過我接下來要說的就不是開玩笑的囉！我這幾天一直有在向大會長要求，他終於答應我要解除對我的限制……所以，明天開始我們就可以在一起了。」

藤原綾抬頭看著陳佐維，問：「什、什麼意思？」

「我們都回來了，親愛的社長大人。」陳佐維抱著藤原綾，笑著說：「【神劍除靈事務所】可以再度開張啦！然後，我會一直一直、永遠永遠的陪在妳身邊。因為我喜……」

話說到一半，陳佐維突然卡住了。

藤原綾卻不打算因此放過陳佐維，因為她也很想聽完，陳佐維到底是要說他喜什麼。於是她追問：「你喜什麼？快點說啊！」

「我喜……我喜歡大家在一起的感覺！而且這是社長命令啊！」陳佐維像是有點生硬的把後面的話扭轉掉，然後轉移話題，對旁邊的韓太妍和公孫靜說：「太、太妍和小靜啊！那個……我想帶小綾去玩一招特別的安慰她，妳們可以幫忙收拾一下這邊嗎？」

「嗯！」韓太妍點點頭，笑著說：「是上次那招嗎？哦呵呵呵呵～你就帶小綾去啊～不然三個人就她沒玩過，很可憐呢！」

「什麼東西就我沒有啊？死陳佐維！你說清楚啊！」藤原綾又一次生氣的說著。

「呃，就是……」

口說不如馬上行動！陳佐維直接緊抱著藤原綾就飛了起來。

這突然起飛的動作嚇得藤原綾花容失色，只能緊緊的抱著陳佐維不放，以免從半空中摔下來。

「小綾，妳要抱緊一點，別放開喔！」陳佐維抬頭看著天空的月亮，說：「因為接下來，我會飛快一點。」

「我、我咿呀啊啊啊啊啊！」

沒等藤原綾說完，陳佐維就像是故意要嚇藤原綾好出口氣似的，故意用超快的速度飛了起來。這讓藤原綾嚇得哇哇大叫，緊緊抱著陳佐維不放。

但同樣的，藤原綾心裡也感到非常非常的開心，她這次緊緊抱著陳佐維不放開，並不只是害怕會掉下去而已。

因為她決定了，這輩子，不會再把陳佐維放開了。

因為她最喜歡的人，終於回到她身邊了！

《魔法師的終點與未來》完

NO.AFTER

我的真命天女

哪有這麼可愛？

「……藤原綾小姐……藤原綾小姐……」

睡夢中的藤原綾隱隱約約聽到了一道有點耳熟，但卻臨時想不起來在哪邊聽過的女聲在呼喚她。雖然她處於熟睡狀態，但經年累月的訓練已經把她的警覺神經強悍到只要有一丁點的異常，就能讓她瞬間清醒過來應付。

不過，當藤原綾的眼睛睜開之後，看見的場景卻跟她入睡前不太一樣。

她不是在自己的房間、自己的床上醒來的。她醒在一個什麼都沒有，只有一片空白的空間。在這個空間裡，除了穿戴整齊的她，就只有一個比她約略矮小的女孩。

藤原綾並非第一次見到眼前的神秘女孩，不但如此，她對這女孩的印象還非常的深刻。於是她立刻警戒的擺出武鬥的姿勢，瞪著女孩說——

「……黑龍？」

女孩露出一臉苦笑，搖搖頭，說：「對不起……我知道妳只記得我還是黑龍莉諾薇雅的事情。當然，我現在還是莉諾薇雅，不過我已經不再是黑龍了。半年前那場大戰之後，我已經被哥哥……也就是妳認識的那位陳佐維，他治癒了我。現在的我是地球的靈魂，大地之母・蓋亞・莉諾薇雅。」

「……大地之母？」藤原綾皺眉疑惑。這名詞她不是第一次聽見，前些日子，那個害她難過很久之後才終於回到她身邊的死陳佐維，就有跟她提過他的力量就是大地之母。

……不過他沒有告訴她，這個大地之母竟然就是黑龍！

「總、總之！藤原綾小姐，地球現在已經陷入危機了！」

見藤原綾對自己的身分似乎還有疑惑，莉諾薇雅趕緊把自己的來意向藤原綾說明清楚。她說：「藤原綾小姐！哥哥他的身體並沒有辦法承受我這麼強大的力量……但是最近他卻不斷的在使用我的力量去戰鬥……他的身體已經到達臨界點，在剛才已經進入暴走的狀態！變成了一個只會破壞的猛獸……再這麼下去，地球會被他破壞掉的！」

「咦？」藤原綾愣了一下，原本就皺著的眉頭更皺了，帶著更多的懷疑反問：「可是……那傢伙這幾天不是都跟我在一起……」

「咳咳！其、其實哥哥他在跟妳分開之後，都不斷的在世界各地維護正義……哥哥他一直把所有的事情攬在自己身上，承受了許多的壓力……總、總之！我已經沒有辦法阻止猛獸化的哥哥了……所以我只能去找到哥哥的『真命天女』來幫忙……」

「真、真命天女？」

超級容易害羞的藤原綾在聽到這個關鍵字眼的當下，還是臉紅了起來，然後扭扭捏捏的說：「既、既然妳都這樣說了……那、那我也只、只好幫妳把那、那個笨蛋給抓起來……可、可是！本、本小姐先警告妳！我、我可不知道實際上要怎麼做喔！」

「這個妳不必擔心！」莉諾薇雅露出鬆了口氣的笑容，走上前去牽起藤原綾的手，笑著說：「請跟我來，我會幫忙妳的！因為妳是哥哥的真命天女呀！」

「囉、囉嗦啦！」藤原綾羞紅著臉說著。

話才剛說完，眼前這一片空白的無限空間，竟然在一轉眼就變成了一處熱帶海灘！同一時間，藤原綾自己身上的穿著，也在不知不覺間變成了一件很可愛的比基尼泳裝！

「這、這是什麼東西啊！」

雖然藤原綾平常並不吝於展現自己的身材，這點從她平常總是喜歡穿一些肌膚露出度高的小洋裝就可以看出。但自己換上和突然被強迫換上的感覺是完全不一樣的啊！藤原綾立刻用雙手遮著自己的平板胸部，問莉諾薇雅說：「為、為什麼我要穿成這樣啊？」

「因為哥哥喜歡他的真命天女穿成這樣！」莉諾薇雅認真的看著藤原綾，雙手緊握著她的手說：「真的！」

「這、這……」藤原綾原本還想說要是沒有什麼正當理由，她肯定會要莉諾薇雅把她這一身泳裝換回原本的洋裝，結果一聽說是那傢伙的喜好，她一下子不知道該怎麼反應。

當她正要詢問莉諾薇雅自己到底應該要怎麼做才能幫忙解決陳佐維……不是，是解決地球危機的時候，她注意到沙灘上同時出現了許多女孩子。

她們分別是同樣換上泳裝的公孫靜、督瑪公主、韓太妍、慕容雪，甚至連自己的妹妹藤原瞳也都換上泳裝出現在此處！

「什麼啊！」藤原綾指著那些女孩，轉頭質問身旁的莉諾薇雅：「怎、怎麼她們也在這裡？」

莉諾薇雅點點頭，很認真的回應說——

「因為她們統統都是哥哥的真命天女！」

這傢伙到底是有多少真命天女啦！臭小靜、死韓太妍還有那最該死的慕容雪出現在這邊就算了，那隻小黑熊變成的自以為是的督瑪公主出現在這邊也罷了，為什麼連妹妹小瞳也會在這邊啊？到底為什麼啊啊啊啊啊！

「總、總之沒時間解釋了！藤原綾小姐快來這邊！」

說完，莉諾薇雅就拉著藤原綾的手跑到眾女的面前。

所有的女孩子一看到這麼多女孩都出現在這裡，每個人的臉上都帶著混雜著震撼、失望和一點點不爽的情緒，指著對方目瞪口呆的說：「妳們也是（死）（陳）佐維（哥）（駙馬）的真命天女喔？」

「大、大家注意！」

當眾女還在驚訝陳佐維的真命天女好像太多了一點的時候，莉諾薇雅突然大吼要眾女注意。與此同時，一道黑色的閃電突然從天而降，在沙灘上炸出一個巨大的隕石坑。

那是陳佐維。

不，那是跟最終大戰時候一樣的，黑龍化的陳佐維！

雖然當初陳佐維是變成這個型態才終於苦戰獲勝，但當時眾女全部都是死掉的狀態，所以這還是陳佐維第一次以這個型態出現在眾人面前。原本全部的女孩子都還在大吵大鬧，結果一看到陳佐維竟然變成這樣，全都閉上嘴巴，看著如此恐怖的陳佐維，緊張得不發一語。

「哥哥！不要再破壞這個世界了！」莉諾薇雅大吼著，然後自己也跟著黑龍化，撲向陳佐維後，變成了一個巨大強力的黑色封印，把陳佐維困在裡面。

接著，結界就傳出莉諾薇雅的聲音向眾女說：「各位！我現在只能把哥哥暫時困在這裡面……妳們趕快用妳們和哥哥度過最甜蜜的回憶，讓他回想起身為人類的美好！這樣就能破解他的暴走、安撫他的靈魂了！」

「最、最甜蜜的回憶？」眾女異口同聲的大喊，然後就妳看看我、我看看妳，面面相覷的不知道誰要先出來講。

畢竟，不管是多甜蜜的回憶，在眾人面前講出來幹嘛啊？肯定超羞恥的啊啊啊啊！

「對、對啊！妳們別拖拖拉拉……我、我快撐不住了……」

莉諾薇雅的聲音再一次傳來，聽起來已經非常虛弱，而封印裡的陳佐維，表情也越來越猙獰、越來越恐怖。

「我、我先來！」

看著陳佐維凶猛的樣子和莉諾薇雅虛弱的請求，督瑪公主第一個站了出來。她無所畏懼的走到封印前面，深深吸了一口氣。

「佐、佐維駙馬……佐維勇士……我、我是你的……你的小督瑪……你還記得我嗎？我們曾、曾經接過吻……還一起吃飯、洗澡、睡覺……我們一起在營火前跳舞……我好喜歡你……你清醒過來看看我啊……」

督瑪公主的發言讓後面那些女孩子驚訝得目瞪口呆。

在場所有女孩裡面，督瑪公主的目測年齡最小，實際年齡也是真正最小的，看在其他人眼中根本就只是個剛升上國中的小丫頭。結果陳佐維這個變態色情魔竟然還真的跟這小蘿莉一起洗澡、接吻、上床睡覺？這、這這這……

「吼嗚啊啊啊啊！」

面對督瑪公主的真情告白，封印內的陳佐維不但沒有任何改變，反而是對著督瑪公主報以一聲憤怒的吼叫！看來督瑪公主的真情攻勢並沒有產生任何的效果。

「糟、糟了！看來督瑪公主妳可能不是哥哥的真命天女！」化為封印的莉諾薇雅殘酷的宣布：「妳、妳們全部都是哥哥的真命天女的『候補』，現、現在看來，督瑪公主妳應該不是哥哥的真命天女……嗚！下、下一個請快一點！我、我快撐不下去了！」

聽到莉諾薇雅的話，在場眾女又一次震撼。

這已經不是單純的向陳佐維告白這麼簡單了啊！假如說只是單純的私下告白被拒絕還不會這麼慘，現在的情況根本就是公開處刑，直接在眾人面前宣布出局，肯定難受啊！

看看可愛的督瑪公主在聽到這樣的結果之後，已經白化了啊！她蒼白的一個人淚流滿面的走到旁邊去心碎的哭哭了啊啊啊啊！好殘忍啊啊啊啊！

「我、我來！」

督瑪公主出局之後，下一個挑戰的勇者是藤原瞳。但在她站出來的那一刻，她還是轉頭先看了看身旁的姐姐藤原綾。藤原綾也對藤原瞳報以一個充滿各種複雜訊息的眼神。姐妹倆互看一下，藤原瞳就甩甩頭，丟了一句「我不會輸給姐姐的！」之後，就走到陳佐維的封印前。

「佐維……我是小瞳……我……雖然我們之間曾經有過誤會……可是、可是我已經知道你不是那種想要趁我昏迷不醒然後對我上下其手的壞人了！一直到現在我都很懷念那段……你揹著我、牽著我、帶著我走過半個地球一起冒險的日子……那次的吻，不只是想要讓你冷靜下來而已……是因為我已經……我已經喜歡上你了！請清醒過來好好的看著我……好嗎？」

雖然接在督瑪公主那個超驚人的未成年小蘿莉一起洗澡的宣言之後，藤原瞳自爆自己也有跟陳佐維接吻過的事情沒讓在場眾人有多驚訝，頂多就是「哇賽！妳也跟他接吻過？」的程度，但聽在藤原綾耳中，她還是非常不能接受啊！

——連、連我都沒跟陳佐維接吻了，小瞳竟然有跟他接吻？連我的妹妹都下手了嗎？死陳佐維你乾脆別醒過來去死一死算了啦啊啊啊啊！

「吼啊啊啊啊啊啊啊啊！」

與督瑪公主一樣的下場，陳佐維依舊沒有好轉。

但藤原瞳表現出來的並沒有像督瑪公主這麼誇張，只是淡淡的點點頭，說了聲「我知道了」，然後轉頭走向眾女。走到藤原綾身邊的時候，她還是緊緊的抱了藤原綾一下，在藤原綾耳邊說：「果然，還是搶不過姐姐啊……」

藤原瞳退場之後，慕容雪就直接走到陳佐維的封印前面。她嘆了口氣，才說：「佐維啊佐維～從小你就一直在給我找麻煩耶！其實人家也不在意是不是你的真命天女啦！而且我們之間的事情說實在的也沒多甜蜜，所以……你要是能清醒過來，咱們再一起去約會吧！」

這麼隨便的發言果然很有慕容雪的風格啊！就在大家覺得慕容雪原來只是普通的青梅竹馬的時候，封印內的陳佐維卻有了不同的反應。

「阿雪……」

雖然樣貌沒有改變，但他卻沒有報以怒吼，而是呼喚了慕容雪的小名。可很快的，陳佐維就又發出憤怒的吼叫，顯示慕容雪也失敗了。

看到這一幕，情緒一直沒有太多波動的慕容雪終於哭了。她哭著回頭走向剩下的三個女孩，看著她們，請求道：「拜託了……請妳們一定要救救佐維……」

連續三個女孩都失敗，意思就是說，陳佐維的真命天女一定會是剩下的三個女孩之一……不是，是拯救地球的關鍵就是剩下的這三個女孩，分別是與陳佐維有上古婚約的侍劍公孫靜、一直都很喜歡陳佐維的韓太妍，以及藤原綾。

三個最好的朋友、【神劍除靈事務所】的核心成員，也分別是三個和陳佐維牽連最深的女孩。

同樣的，也是三個最喜歡陳佐維的女孩子。

「……我先來吧。」公孫靜低著頭，說著。

走到陳佐維面前，公孫靜看著陳佐維。光是看著陳佐維此時此刻的樣子，她就感到心酸。

「老公……雖然我們會在一起的契機是個古老的婚約，但經過這麼多的事情之後，我愛你這件事情，是千真萬確的。在日本的那一天，我真心的想要跟老公更進一步。我真的很愛很愛你……你能回應我嗎？老公，請你清醒過來，好好的看著我，就跟以前一樣，好嗎？」

聽完公孫靜的告白，陳佐維再度產生了變化，他身上的鱗片漸漸的掉落，似乎已經開始要變回人類的樣子。這讓現場的女孩都很緊張。想不到公孫靜竟然真的是陳佐維的真命天女？光是想到這一點，那些女孩就心酸得又想要哭。

不過幸好，陳佐維又變回暴走的模樣，只是安靜了下來，沒有怒吼公孫靜。

公孫靜頭低了下去。她知道自己和陳佐維的結合是祖宗遺訓，而過去交往的諸多跡象，她一直覺得自己和陳佐維已經有在相愛。但從現在的結果看來，原來自己並不是他的真命天女，這讓公孫靜好難過。

於是她走回韓太妍和藤原綾的身邊，看著她們，說：「……繼承者大人，就拜託兩位

幫忙帶回來了。」

兩個女孩的心情很複雜。她們不希望公孫靜是真命天女，但基於原本的友情，也不想看到如此難過的公孫靜。

「交給我吧！」韓太妍拍拍公孫靜的肩膀，給她一個擁抱之後，就走向陳佐維。

走到陳佐維的面前，韓太妍笑容滿面的說：「佐維哥，本來我會鬧你和小綾，其實是因為我知道小綾她很喜歡你，但她那個死個性絕對會害她不敢跟你在一起，所以我才來幫忙的。結果……呵呵～你說喜歡一個人需要理由嗎？我也不知道。我只知道相處的時間一久，我成天口口聲聲喊最喜歡的佐維哥，已經在不知不覺中變成我真正最喜歡的佐維哥了。那天晚上，在你的床上我對你說的一切，我們的那個吻，全部都是真的，因為……因為我很喜歡你。如果你願意的話，你可以清醒過來，告訴我你的答案嗎？佐維哥？」

「……太妍。」

陳佐維的模樣再一次的變化，這次是他的臉變回原本的樣子，而且還呼喚了韓太妍的名字。然而，這也只是一瞬間，陳佐維立刻又變回原本暴走的狀態。

雖然早就告訴自己好幾次，自己應該不會是陳佐維的真命天女，但真正面對答案的時候，韓太妍還是心碎得想哭。她掩著自己的臉，向陳佐維說了聲「謝謝你的答案……」之後，轉身走了回來，然後把陳佐維的真命天女這個答案，帶給藤原綾。

看到這麼多的失敗，藤原綾的心情複雜到難以形容。每次有人向陳佐維告白，她就覺得非常的不爽，只要一想到在自己沒有注意到的地方，這死陳佐維竟然一而再、再而三的跟其他女孩子亂來，甚至連自己的妹妹都慘遭毒手，她就覺得很想等一下直接過去幹掉陳佐維來解決地球危機。

但當大家一個接一個的失敗，她其實是有一點開心的。一直到現在，全部的真命天女候補已經統統陣亡的當下，藤原綾內心也相信著——

自己就是陳佐維的真命天女。

但她不知道要怎麼向陳佐維告白啊！

藤原綾不知所措的走到陳佐維的面前。她喜歡陳佐維喜歡到無法自拔了，可就是因為她不敢講，才會整個故事拖到都結束了兩人還沒有在一起。私底下都不敢講了，她在眾人面前怎麼可能敢公開講啊？

她一邊走，一邊想。結果就是因為這樣，一個不小心她左腳拐到右腳，就這麼跌進封

印中，撲到陳佐維的身上。

突然跌進了封印中，藤原綾自己也嚇了一跳。她下意識的緊緊抱著陳佐維，才不致讓自己完全跌倒。跟陳佐維靠得這麼近雖然不是第一次，但在意識到自己可能是陳佐維真正的真命天女之後，靠得這麼近的情況下，讓藤原綾滿腦空白、滿臉羞紅。

就算現在的陳佐維已經不再是那個帥氣開朗的陽光大男孩——這大概是戀人模式開啟時的美化，實際上應該不是這樣——就算現在的陳佐維已經變成了跟當初黑龍要毀滅地球一樣的半龍人……

但，就算是這樣，藤原綾還是可以從他的胸口聽見他的心跳，可以清楚的感受到自己正在擁抱的人是陳佐維。

這一瞬間，過往甜蜜的回憶一樁一樁湧上心頭。從陳佐維踏破那個結界開始之後的每件事情，就好像剛剛才發生一樣的清晰如昔。

「死、死陳佐維……佐、佐維……陳、陳佐維……」

藤原綾緊張到連怎麼稱呼都不太清楚，她已經要當機了啊啊啊啊啊！

「我、我……我其實……很喜……」

說到這邊，「我喜歡你」這四個字卻像是魚刺一樣的卡在喉嚨。

誠如前面所說的，私底下告白是一回事，但在此時此刻此景，在這麼多人的面前要藤原綾告白，這怎麼可能……

然而，有了那長達半年的空白、寂寞，藤原綾很清楚的了解，自己有多麼希望眼前這個男孩能永遠陪在自己的身邊，讓這份感情能清楚的傳達給他知道，讓他們之間的關係從假扮的戀人，變成真正的情侶。

因此，藤原綾決定了──

她閉上眼睛，鼓起勇氣，踮起腳尖，說了聲：「我不需要跟你說太多，我只想告訴你，我好喜歡你。」然後朝著陳佐維的嘴唇吻了下去。

這是他們的第一個吻。

眼睛睜開之後，藤原綾看見的，是回復正常的陳佐維。陳佐維滿臉通紅，不知所措的樣子比她所想像的還要可愛。

也讓她比誰都還要開心！因為她果然是真正的、陳佐維的真命天女！命中注定要在一起的情人……

「吼啊啊啊啊啊啊啊！」

就在這一瞬間，陳佐維卻又再度暴走，推開藤原綾，變回原本的龍人。

被推出封印外的藤原綾滿臉不敢置信！她目瞪口呆的看著暴走的陳佐維，淚水在她不自覺的情況下悄悄滑落。

「看來妳們都不是哥哥的真命天女，那麼我想，哥哥的真命天女果然是只有我而已了吧！」

就在這個時候，莉諾薇雅的聲音突然從藤原綾的身後傳來。眾人看了過去，才發現莉諾薇雅竟然也在不知不覺的情況下，穿上了一套紫色的泳裝。

莉諾薇雅露出欣喜若狂的表情，把藤原綾用勁推開之後，轉身向眾人宣布說：「猴子們！承認吧！哥哥深愛的人！哥哥的真命天女！就只有我！就只有我這個既是妹妹又是情人的莉諾薇雅才是！所以請妳們放下那些無謂的妄想，從哥哥的身邊離開吧！」

說完，莉諾薇雅轉身緊緊的抱著陳佐維，用一種超級渴望的表情在陳佐維耳邊甜甜的說：「哥哥啊～莉諾薇雅在你身邊喔……承認吧！哥哥！你最愛的人就是我，對不對呀？嘿嘿……」

隨著莉諾薇雅的動作越來越大、越來越煽情的情況，陳佐維暴走的模樣竟然還真的一點一點的復原！眾女滿臉苦悶、滿心酸苦，甚至藤原瞳還遮著臉不願意繼續看下去。

「……可惡啊！妳這傢伙跟死陳佐維聯合起來耍本小姐是不是啊？」藤原綾憤怒得滿臉通紅，拳頭緊握，她對著莉諾薇雅大吼：「本小姐不管妳是黑龍還是什麼大地之母，妳跟死陳佐維都去死一死啦！吼啊啊啊啊啊！」

但，就在這個時候，一個男人的聲音出現，打斷了這一切。

「……妳們在幹嘛啊？」

這一瞬間，時間彷彿凍結了。

所有的女孩都轉頭看向聲音的來源，就看到正常的陳佐維雙手插在短褲口袋裡面，一臉疑惑的看著這裡。

「（死）（陳）佐維（哥）（駙馬）？」

「哥、哥哥啊啊啊啊啊啊！」

陳佐維的表情根本疑惑到不能再疑惑了啊！

而在陳佐維出現的同時，莉諾薇雅擁抱的那個陳佐維竟然逐漸消失，直至點滴不剩。

「我覺得蓋亞的力量有點動搖，所以精神跑進來這邊觀察一下……結果妳們幾個怎麼會在蓋亞的中心啊？莉諾薇雅，是妳搞的鬼嗎？」陳佐維看著眾女，一邊抓抓頭，一邊詫異的問：「到底是怎麼回事啊？有誰能說明一下現在的情況嗎？喂——幹嘛全部人都石化了啊？」

「哥哥啊啊啊啊啊！」莉諾薇雅發出了像是小孩惡作劇被抓包的崩潰慘叫，然後滿臉羞紅的消失了。

也是直到這個時候，眾女才終於發現，剛才的一切不過是一場莉諾薇雅搞出來的鬧劇而已。意思就是說……

「……算了，不懂妳們在演哪一齣……」陳佐維抓抓頭，打了個呵欠後，說：「現在很晚了，大家雖然是在做夢，不過繼續這樣下去的話，明天早上會賴床起不來的唷！所以，大家回去睡覺吧！晚安！」

說完，陳佐維就強制中斷了這個胡鬧的夢境，同時，藤原綾也真正的睜開了眼睛，然後從她自己的床上驚醒過來。

藤原綾先檢查自己身上的穿著，發現睡衣還是睡衣，沒有變成可愛的比基尼泳裝。然後檢查一下四周環境，確定這裡是自己的房間之後，她才終於確定剛才真的是做夢。

藤原綾傻愣愣的走出房間。

她先看看左邊韓太妍房間的房門，再看看右邊公孫靜房間的房門。剛才的夢雖然只是一場夢，但從陳佐維的說法來看……剛才這兩人應該也都經歷了一樣的夢境……

然後，她忍住了去狠踹韓太妍房門的衝動，雖然只要一想到韓太妍剛才在夢裡所說的，什麼在晚上跑去死陳佐維房裡、在床上接吻的事情，她就很想衝進那房間裡面殺人就是了。

但她還是忍住了，因為她想要跑去客廳確認一件事情。

來到客廳，藤原綾看著依舊在呼呼大睡的陳佐維。

剛才的夢，他是從什麼時候介入的呢?自己的告白和那個吻，他有沒有看見呢?

一想到這裡，藤原綾的心臟就怦咚怦咚的跳著。

她用極輕極溫柔的動作，輕輕的坐到陳佐維的身邊。其實在她坐下來之前，她也不知道自己想要幹嘛，結果當她坐下來之後，她才發現現在的情況好像有點……詭異。

藤原綾輕輕慢慢的去撥開擋住陳佐維睡臉的瀏海。她就只是想要多看看陳佐維而已，可是自己又一邊覺得這樣好像是什麼夜襲男人的大變態一樣……搞得自己也非常臉紅心跳、呼吸也漸漸急促起來。

但，看著陳佐維睡得這麼安詳，她的心情似乎也漸漸的平復下來。

「吶，笨蛋……我很喜歡你喔……」藤原綾小小聲的說著，輕輕撫著陳佐維的額頭，臉上露出了一種「終於說出來」的輕鬆。然後她撩了一下自己的長髮，彎腰在陳佐維的額頭輕輕的印下一吻，接著才又小小聲的說：「至於那個吻嘛……人家保留到下一次吧～」

看來，這一對笨蛋戀人的感情路，還有好長一段時間才能開花結果呢！

《現代魔法師08》全文完

《現代魔法師》系列全套完結

NO.000

好久不見的讀者們，好久不見。而初次見面的讀者們，初次見面你好！我是《現代魔法師》系列的導演，我叫佐維。因為這最後一集有著字數不足的困擾，加上編輯說我可以用一點作者感言出來當作湊字數的手法，所以我才會特別寫這一段……不是！大家千萬不要誤會，事實上，導演是真的很感謝大家！不是因為要湊字數，不是喔！

然而我也不知道要從什麼地方開始說起，就讓我好好的整理一下思緒，慢慢的說，也請大家不要太快翻到最後，或者乾脆把這部分撕下來當作沒看到，好嗎？如果你們準備好了，那我就開始啦！

我不知道各位讀者是從導演的什麼時代開始追逐導演的腳步，跟隨導演的故事成長至今。我相信很多讀者朋友都是從《現代魔法師》開始認識導演，但這其實也不是導演的第一個故事。

早在很久很久以前，我已經有在網路連載小說的習慣。由於獲得了不少的迴響，所以我當下也覺得自己非常厲害，就漸漸的有了把寫小說當成是自己一生志願來經營的念頭，後來也真的讓我順利的出版了人生的第一部作品。

雖然說是成功的從網路作家升級為實體書小說作家，但由於銷售不如預期，加上我不小心又因為接到國家的徵召，進入部隊展開一年的武裝訓練，導致作品停更整年。最後我這輩子第一套出版的作品就這麼被腰斬，而且也遲遲沒有下一部作品的風聲。

那段時間，我其實滿難過的。

我喜歡寫東西，姑且我用的文字、寫作手法都不是什麼正統，比起科班出生的專業大手來說，我會的詞彙少到可憐的程度。但憑著一股我覺得我可以寫出很有意思的作品的傻勁，我就一直維持我寫作的習慣。

在寫出《現代魔法師》之前，我陸續寫過幾部作品，也都有投稿出版社，但多是失敗的經驗。後來我就把自己腦子裡一些構想抓一抓，套上一些想要用、但始終沒用上的人物設定，《現代魔法師》的故事就這麼出爐了。

創作這個故事之前，其實我沒有想過要給這部作品什麼目標，只是因為喜歡某些日本輕小說——假如各位讀者朋友平常很愛閱讀輕小說的話，應該不難發現《現代魔法師》裡面也有很多其他作品的影子——然後就試著把腦海裡的故事劇情寫出來。

陳佐維的旅程，是在二〇一一年二月六日開始的。這一天，《現代魔法師》正式在網路上發表，同步於 PTT 和幾個小說網站上面連載。

一開始的推文和討論並不多，但就是那幾個同樣的ID會每天追著這個故事的連載跑，每天都在那邊搶推文，讓我有了「只要還有一個人願意推文留言加油打氣贊助，我就要寫下去」的熱血，因而不斷持續的把這個故事完善下去。

而隨著這個故事的劇情推展，加入陳佐維旅程的讀者也越來越多，其中還多次造成PTT推文暴走的情況時，我心中那股「我想要再出一次書」的念頭，又悄悄的浮現。

然而，這個故事並沒有在第一次投稿的時候，就獲得編輯的青睞。

我也忘記我到底投了幾間出版社，反正就是石沉大海、全軍覆沒，收到的退稿信件就是很固定的制式信件。

這對一個對自己作品信心滿滿的創作者來說，無疑是一記沉痛的打擊。在被退稿的那段時間裡——因為退稿信不是同一天寄來，所以我大概每個禮拜都被退稿一次——我的確又進入了某段時間的低潮。

然而，網路上的讀者的熱情，又一次次的讓我走過這些低潮的歲月。你們讓我變得更強，所以我才可以繼續用更強的故事回報你們。

二〇一二年二月六日，也就是《現代魔法師》在網路連載滿一週年的時候，網路連載版本的大結局公開了。陳佐維的旅程在那一天，寫上了一個逗號。

但逗號終究只是個逗號，這表示句子還沒完結，表示陳佐維的旅程還沒結束。

於是，我把整個完結篇的故事重新做一個包裝、整理，然後再度拿去投稿出版社，想要一圓出書的心願。

後面的故事，你們算是知道了。

陳佐維的旅程，在我收到不思議工作室過稿通知的當下，再度展開。

這裡，也是我跟我現在的責任編輯「迴子」相遇的起點。

我想她應該有好幾次都想把我殺死的念頭，因為我的難搞程度，從剛過稿的那時候就可以窺見。

因為我收到過稿通知的E-MAIL，我不知道要回信啊啊啊啊啊啊！

然後出版社方面，也就是迴子姐姐她一直以為我沒有收到信，直到她打電話給我，打了兩通還是三通的樣子，在我終於回撥給她的時候，我們才終於聯絡上了。

接下來，就是針對《現代魔法師》要從網路版本變成實體書版本該做出哪些修改、更動了。

我的編輯迴子姐姐是個真強者。她點出很多問題，而這些問題都是當我在連載的時候不會注意到的。然後身為一個超級掰故事達人……我的意思是說超級會掰故事的達人，也就是我呢，在修改的時候，也不知道哪根筋不對勁，就主動向迴子姐姐提出許多我想做的大幅度修改。

也因此，迴子姐姐和我就展開一場「傲嬌編輯與擺爛作者的一年戰爭」。話說我覺得這個標題挺不錯的，其實下次投稿我大概會寫這麼一篇故事出來。

總之，因為導演我平常工作很繁忙，能寫作的時間嚴格上說起來並不算多。而我自己又很龜毛，常常寫了又改，改了又寫，寫寫改改的，一個故事改五六七八次，一個段落改三四五六次，都很常見。

所以，我常常拖稿。（遮臉）

就在一次又一次的拖稿之中，《現代魔法師》的出版日期就這麼好事多磨的一延再延。尤記得過稿的時候，我才剛結婚，等到出版的時候，我女兒都一歲兩個月了啊啊啊啊啊！

總之，在迴子姐姐的幫忙以及不斷容忍我的任性和擺爛之下，我們一步一步的把這個故事修改成現在大家看到的樣子，接著正式簽約，然後等到二〇一三年的十月二號——

《現代魔法師01魔法師與封印的神劍》終於姍姍來遲、颯爽登場了！

而一直到現在，此時此刻，我終於在最後一集《魔法師的終點與未來》的最後一個章節打完最後一個字按下最後一次enter的當下，感到滿滿的感動，與不捨。

我感動的是，我終於完成了這部作品；不捨的是，我必須要跟故事裡面的角色說再見。我很喜歡這本書裡面出現的每個角色，所以當我完成這個故事，當我知道他們不一定再有機會能跟我合作的時候，那種感覺，真的筆墨難以形容。

或許我的編輯會更感動，因為她終於從難搞得要死的導演身上得到最後一份稿子，可以暫時不用跟我玩截稿日期大作戰的遊戲了。

我很喜歡這個故事，你們呢？

最後，這邊要感謝這套作品幕後的許多工作人員。這份名單很長，也請大家有點耐心聽我慢慢講。

首先我們要頒發的是年度最佳製作團隊：不思議工作室。

感謝你們的包裝，你們用心的宣傳，感謝你們讓我通過你們的審核，感謝你們給我稿費。要不是你們這個超棒的編輯部，就不會有這麼棒的實體書的誕生。我由衷的感謝你們給我的一切，謝謝！

再來我們要頒發的是年度最佳製片：迴子姐姐。

迴子姐姐真的很抱歉啦～過去這兩年來，我好像真的給妳惹不少麻煩吼！唉唷～其實我真的不是故意要這樣搞的啦！科科！可是啊！可是啊可是啊！其實我很感謝妳喔！如果不是妳在總編輯面前幫人家擋子彈，如果不是妳點出我作品許多的缺陷，如果不是妳給我的指導，如果不是妳對我任性的包容，還有每次我到截稿日當天又要拖搞的忍耐，如果沒有這一切，我很難想像這部作品會變成什麼樣子。俗話說得好，好的編輯帶你上天堂，天啊！我真的非常感謝上天交給我一個這麼棒的編輯。

同樣的，也是一個這麼棒的朋友。

感謝妳，迴子姐姐，謝謝！

再來，我們要頒發的是最佳美術設計：Riv老師。

Riv老師妳好！雖然我們這一年來的合作從來沒有直接接觸，然而妳幫這部故事每個角色所畫出來的美美插畫，每次都讓我看得口水直流！看看韓太妍和公孫靜的ㄋㄟㄋㄟ，真是令人啊嘶啊嘶的差點把封面拿起來舔啊！

這個充滿變態意味的感謝詞是怎麼回事啊啊啊啊啊！請、請妳不要誤會我，導演是很清純的啊！

總之，因為妳實在太棒了！所以希望未來我們還有機會可以合作！

感謝妳，Riv老師，謝謝！

接著，我們要頒發的是最佳服裝造型：信漢。

如果大家每一集買回家都有把封面折頁那張小圖仔細看過的話，這邊要跟大家講一下，幫忙設計導演造型的人是我的高中同學！因為我還沒徵求過他的同意，加上現在又有個資法，所以不方便透露他的全名。然而我非常感謝他，在自己也有工作要忙碌的情況之下，還可以忍受龜毛導演的龜毛要求，每一集都要想出新梗來畫圖啊啊啊啊！

感謝你！李X漢，謝謝！

然後，我要感謝的是我的家人。尤其是我的爸爸媽媽、老婆還有女兒。

感謝我爸媽很支持我在這條路上奮鬥，不管我跌倒多少次，他們總是在背後給我最大

的支援。雖然他們講話真的很靠盃，導演講話這麼逼機其實就是得到他們的遺傳，但說到底，自己家人就是用這種方式在互相關心、打氣。我愛我爸媽。

我也要感謝我的老婆，為了這本書、為了趕稿，我老婆她大概當了整整一年的深宮怨婦。這一年來老婆大人要睡覺的時候，我還在趕稿；我要睡覺的時候，她已經睡著，沒什麼機會可以跟她甜言蜜語，真是非常抱歉。但因為有妳的支持，有妳一直幫忙照顧可愛的女兒不讓她過來打擾我寫作，這部作品才會這麼優秀。

感謝你們！老爸老媽老婆臭女兒！謝謝！

最後，我要感謝的是最需要感謝的人。

也就是拿著這本書，看到最後、看到現在、一路支持導演到這裡的你們。

因為有你們的支持，因為有你們的加油打氣，因為有你們在，導演才有衝勁可以把最好的作品呈現給大家，導演才有力量可以把最好笑的吐槽表現給大家看，導演才有版稅收入可以養小孩……不是，我是說導演才會有精神可以每天爆肝熬夜趕稿、隔天工作十二個小時也不嫌累。

你們是這顆星球上最偉大的讀者，你們最棒了！

這邊特別感謝壞爸，感謝你在當初我被退稿的當下對我說過的那些話，也感謝你在我出書之後對我的支持。只要我累了、我變了，我就會把當初那些對話記錄拿出來，我就能再一次的變強。

感謝粉絲團裡面那些成天說要阿魯巴我的王八蛋，你們這群瘋子最可愛了，幹！

最後，導演的粉絲團歡迎大家來按讚，也歡迎大家一起來玩。感謝大家看完導演這落落長的廢話。這部作品在這邊終於算是正式的結束了，而我相信這絕對不會是導演的最後一部作品。

所以，我們下次再見！

佐維　二〇一四年三月

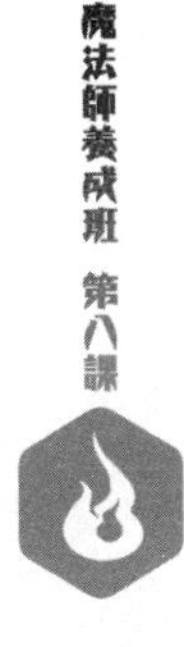

不思議特報
《現代魔法師》
套書好禮相送！
我還很愛你，所以，我們握手言和好嗎？
只要你願意再跟我在一起，即使你忘記我們的過去也沒關係。
只要你再愛上我一次就好……
吐槽系作者 佐維＋知名插畫家 Riv
正港A臺灣民間魔法師故事
《現代魔法師》驚爆登場！
活動辦法
在安利美特animate購書的朋友請看這邊！
在2014年6月20日前（以郵戳為憑）寄回【全套八集】的書後回函，以及附上安利美特購書發票影本、或是於每一集回函上加蓋安利美特店章，並於第八集回函上的建議欄位裡填寫你最喜歡的封面女角，就能獲得知名插畫家Riv繪製的「現代魔法師超萌毛巾」一條。
準備與泳裝萌妹子一起清涼一夏吧！
備註：
1.活動詳情請鎖定【典藏閣不思議工作室】官網、FB、噗浪的訊息。
2.主辦單位有權更改活動規則。
典藏閣
采舍國際
www.silkbook.com
華文聯合出版平台
www.book4u.com.tw
不思議工作室
立即搜尋
版權所有© Copyright 2014

現代魔法師
典藏閣
超萌え萌えの魔法美少女戰鬥物語!!
現代魔法師與封印的神劍 01
現代魔法師與祖靈的怒吼 02
現代魔法師的傀儡之舞 03
現代魔法師的修羅地獄 04
現代魔法師之全球通緝令 05
現代魔法師之飄亂大亂鬥 06

禍亂創世紀 第二部 05 END
Rebellion of Start-online II
蜜桃多多的大神花婿
NOVEL BY 凌舞水袖
ILLUST BY CHI77
起點女生網　最逆天的網遊小說
「重生」，就是最大的外掛！

飛小說系列 100

現代魔法師 08（完）

魔法師的終點與未來

出版者■典藏閣
作　者■佐維　繪　者■Riv
總編輯■歐綾纖
製作團隊■不思議工作室

郵撥帳號■50017206 采舍國際有限公司（郵撥購買，請另付一成郵資）
台灣出版中心■新北市中和區中山路 2 段 366 巷 10 號 10 樓
電　話■(02) 2248-7896　傳　真■(02) 2248-7758
物流中心■新北市中和區中山路 2 段 366 巷 10 號 3 樓
電　話■(02) 8245-8786　傳　真■(02) 8245-8718
ISBN■978-986-271-493-5
出版日期■2014 年 5 月

全球華文國際市場總代理／采舍國際
地　址■新北市中和區中山路 2 段 366 巷 10 號 3 樓
電　話■(02) 8245-8786　傳　真■(02) 8245-8718

新絲路網路書店
地　址■新北市中和區中山路 2 段 366 巷 10 號 10 樓
網　址■www.silkbook.com
電　話■(02) 8245-9896
傳　真■(02) 8245-8819

典藏閣不思議工作室2013安利美特animate限定版

只要符合以下條件，就有機會獲得【現代魔法師超萌毛巾】1條——
準備與泳裝萌妹子一起清涼一夏吧！

1. 即日起至2014年6月20日止，在**安利美特**購買**《現代魔法師》全套八集**。
2. 在書後回函信封處蓋上安利美特店章，或是影印安利美特購書發票。
3. 將全套8集的書後回函（加蓋店章）寄回；若採影印發票者，請一併寄回發票影本。
   PS. 可以等購買完「全8集」後，再於2014年6月20日前，全部一次寄出。

☞您在什麼地方購買本書？☜

☐便利商店＿＿＿＿＿☐安利美特　☐其他網路書店＿＿＿＿＿

☐書店＿＿＿＿＿市／縣＿＿＿＿＿書店

姓名：＿＿＿＿＿地址：＿＿＿＿＿＿＿＿＿＿＿＿＿＿＿

聯絡電話：＿＿＿＿＿電子郵箱：＿＿＿＿＿＿＿＿＿＿＿＿

您的性別：☐男　☐女　您的生日：＿＿＿＿＿年＿＿＿＿＿月＿＿＿＿＿日

（請務必填妥基本資料，以利贈品寄送）

您的職業：☐上班族　☐學生　☐服務業　☐軍警公教　☐資訊業　☐娛樂相關產業
　　　　　☐自由業　☐其他＿＿＿＿＿

您的學歷：☐高中（含高中以下）　☐專科、大學　☐研究所以上

☞購買前☜

您從何處得知本書：☐逛書店　☐網路廣告（網站：＿＿＿＿＿＿）　☐親友介紹
　（可複選）　☐出版書訊　☐銷售人員推薦　☐其他

本書吸引您的原因：☐書名很好　☐封面精美　☐書腰文字　☐封底文字　☐欣賞作家
　（可複選）　☐喜歡畫家　☐價格合理　☐題材有趣　☐廣告印象深刻
　☐其他＿＿＿＿＿＿

☞購買後☜

您滿意的部份：☐書名　☐封面　☐故事內容　☐版面編排　☐價格　☐贈品
　（可複選）　☐其他

不滿意的部份：☐書名　☐封面　☐故事內容　☐版面編排　☐價格　☐贈品
　（可複選）　☐其他

您最喜歡哪一集的封面女角＿＿＿＿＿＿＿＿＿＿＿＿＿＿＿

＿＿＿＿＿＿＿＿＿＿＿＿＿＿＿＿＿＿＿＿＿＿＿＿

＿＿＿＿＿＿＿＿＿＿＿＿＿＿＿＿＿＿＿＿＿＿＿＿

未來您是否願意收到相關書訊？☐是　☐否

感謝您寶貴的意見

印刷品

$3.5
請貼
3.5元
郵票
不思議信箱
FUSIGI POST

235 新北市中和區中山路二段366巷10號10樓
華文網出版集團 收
（典藏閣－不思議工作室）

魔法師的終點與未來

現代魔法師 08

END